AF515618

हिन्द पॉकेट बुक्स

आंखों की दहलीज़

मेहरून्निसा परवेज़ उर्दू एवं हिन्दी की जानी-मानी लेखिका हैं। हिन्दी साहित्य में आपने दर्जनों उत्कृष्ट पुस्तकों की रचना की है, जिसके कारण आपको पद्मश्री पुरस्कार से सम्मानिता किया जा चुका है। आपको साहित्य के क्षेत्र में प्रदान किए गए अनेक पुरस्कारों के साथ-साथ कई संस्थाओं का सदस्य भी बनाया गया है।

आंखों की दहलीज़

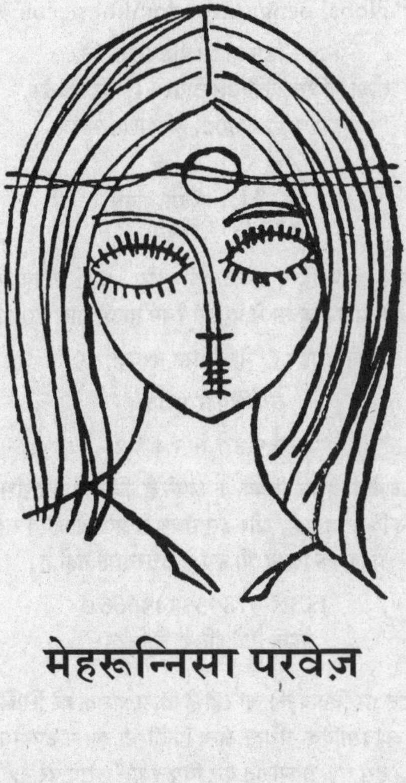

मेहरून्निसा परवेज़

हिन्द पॉकेट बुक्स

पेंगुइन रैंडम हाउस इम्प्रिंट

हिन्द पॉकेट बुक्स

यूएसए | कैनेडा | यूके | आयरलैंड | ऑस्ट्रेलिया
न्यू ज़ीलैंड | भारत | साउथ अफ्रीका | चीन | सिंगापुर

हिन्द पॉकेट बुक्स, पेंगुइन रैंडम हाउस ग्रुप ऑफ़ कम्पनीज़ का हिस्सा है,
जिसका पता global.penguinrandomhouse.com पर मिलेगा

पेंगुइन रैंडम हाउस इंडिया प्रा. लि.,
चौथी मंजिल, कैपिटल टावर -1, एम जी रोड,
गुड़गांव 122 002, हरियाणा, भारत

पेंगुइन
रैंडम हाउस
इंडिया

प्रथम संस्करण हिन्द पॉकेट बुक्स द्वारा 1981 में प्रकाशित
यह संस्करण हिन्द पॉकेट बुक्स में पेंगुइन रैंडम हाउस द्वारा 2022 में प्रकाशित

कॉपीराइट © मेहरुन्निसा परवेज़, 1981

सर्वाधिकार सुरक्षित

10 9 8 7 6 5 4 3 2

इस पुस्तक में व्यक्त विचार लेखक के अपने हैं, जिनका यथासंभव तथ्यात्मक सत्यापन किया गया है, और इस संबंध में प्रकाशक एवं सहयोगी प्रकाशक किसी भी रूप में उत्तरदायी नहीं हैं।

ISBN 9789353496661
मुद्रकः रेप्रो इंडिया लिमिटेड

यह पुस्तक इस शर्त पर विक्रय की जा रही है कि प्रकाशक की लिखित पूर्वानुमति के बिना इसका व्यावसायिक अथवा अन्य किसी भी रूप में उपयोग नहीं किया जा सकता। इसे पुनः प्रकाशित कर विक्रय या किराए पर नहीं दिया जा सकता तथा जिल्दबंद अथवा किसी भी अन्य रूप में पाठकों के मध्य इसका परिचालन नहीं किया जा सकता। ये सभी शर्तें पुस्तक के ख़रीददार पर भी लागू होंगी। इस संदर्भ में सभी प्रकाशनाधिकार सुरक्षित हैं।

www.penguin.co.in

FSC www.fsc.org
MIX
Paper from responsible sources
FSC® C047271

This is a legitimate digitally printed version of the book and therefore might not have certain extra finishing on the cover.

आंखों की दहलीज

सीढ़ियां उतरते हुए तालिया ने एक बार फिर कांपकर अस्पताल की खिड़की के अधर में लटके-से पट को देखा और मुट्ठी में रूमाल को कस लिया। आंखों से बरबस निकले पड़ रहे आंसुओं को अन्दर-ही-अन्दर समेटते हुए उसका सारा चेहरा कठोर हो उठा था।

घर तक आते दोनों चुप बने रहे। पलंग पर दोनों हाथ पीछे टिकाकर वह ढीली-सी बैठ गई। उसे लग रहा था, वह किसी और के घर में बैठी है।

"क्या सोच रही हो तालिया ?"

"कुछ नहीं," उसने आंखों को शमीम से छुपाकर पोंछ लिया। शमीम उठा और पीछे दालान में चला गया। घर के दोनों कमरे वैसे ही अस्त-व्यस्त पड़े थे। डॉक्टर के कहे शब्द जैसे दोनों कमरों में गूंज रहे थे—'अफसोस है मि॰ शमीम, आपको बच्चे का सुख नहीं मिल सकता, उम्मीद मेरे खयाल से बेकार है।'

डॉक्टर से सुनकर उसे लगा था, जैसे वह सुन्न हो गई है।

जब से उसने अपना भविष्य सुना, वह एकदम बदल गई है। हमेशा हंसने-बोलने वाली तालिया जसे काठ हो गई। वह घर का हर काम मशीन की तरह करती। शमीम उसे देखता, लगता, जैसे हाड़-मांस की तालिया अब एक ऐसी मशीन है जो इंसान की तरह खाती-पीती और सोती है।

शमीम को आश्चर्य होता। वह सोचता, यह वही तालिया है जो घंटों उसके साथ चुहल करती थी और अब सिर्फ पलंग

पर पड़ी रहती है! कितना ही छेड़ो, कितना ही गुदगुदाओ पर जरा भी हरी नहीं होती। तालिया के इस रवैये से कभी-कभी वह खीज उठता।

"तालिया, हम लोगों को भी जीने का हक है। क्या इस घर में तुम्हारी वह पुरानी हंसी अब कभी नहीं गूंजेगी?"

"उस नन्ही बच्ची को देखो शमीम, जो अपनी छोटी-सी गुड़िया को लेकर सो जाती है। आज···आज वही नन्ही-सी बच्ची खुदा का सबसे बड़ा मजाक बन गई है।"

तालिया सुबक रही थी। शमीम हथेलियों को आपस में मल रहा था और सामने फर्श को देख रहा था, जहां चींटियों का एक काफिला एक मरे हुए कीड़े को उठाए लिए जा रहा था।

सुबह तालिया छत पर बाल सुखा रही थी कि उसने गली में डाकिये को जाते देखा। उसने सीढ़ियों से नीचे झांका। शमीम खत लिए ऊपर आ रहा था।

"किसका है?"

"तुम्हारे अब्बाजान का···मैंने तुम्हारे बारे में उन्हें ब्योरे से लिख दिया था।" शमीम जैसे आने वाली उदासी से बचना चाहता हो।

तालिया ने कोई उत्तर नहीं दिया। शमीम की तरफ पीठ करके खड़ी रही। उसके लम्बे बाल पीठ पर फैले थे। शमीम देर तक फैले बालों को देखता रहा।

"तालिया, रो रही हो?"

दूसरी तरफ से कोई जवाब नहीं आया। शमीम पास गया, "तालिया, उन लोगों से कुछ छिपाना चाहिए?"

"शमीम, तुम सोचते हो, तुमने यह अच्छा किया! तुम मुझे रिश्तेदारों के बीच छोड़ना चाहते हो, ताकि वे लोग मुझपर, मेरे नसीब पर तरस खाएं? क्या मैं अम्मी और अब्बा की आंखों का गम झेल पाऊंगी जो उनकी इकलौती बेटी की किस्मत की वजह से उभरेगा? क्यों तुम मेरा यह एकान्त भी छीन लेना चाहते हो कि मैं सिसक भी न सकूं?" कहते-कहते वह सीढ़ियां उतर गई और शमीम उसके रूखे, उड़ते बालों को देखता रह

गया। मिनट-भर ठहरकर वह खुद भी पीछे-पीछे सीढ़ियां उतर गया।

तालिया पलंग पर पड़ी सिसक रही थी। उसकी आहट को वह पहचान गई, और मुंह उठाकर चिल्लाई, "मुझे तंग न करो शमीम, मैं नहीं जा सकूंगी, नहीं जाऊंगी!"

"तालिया, खुदा की कसम, मैंने तुम्हारा दिल दुखाने के लिए ऐसा नहीं किया। मैं चाहता था, तुम कुछ दिनों के लिए वहां हो आओ तो मन बहल जाएगा, तुम्हारी क्या हालत हो रही है! मुझे गलत न समझो, तालिया, उठो और जाकर मुंह-हाथ धो लो। देखो, तुम्हारी आंखें कितनी लाल हो गई हैं!"

तालिया धीरे-धीरे कुछ संभल गई। अब दिन-दो दिन के बाद वह शमीम की किसी चुहल पर मुसकरा भी पड़ती। शमीम ने उस खत का कोई जवाब नहीं दिया, पर तालिया के घर से बराबर खत आते रहे। हर खत में अम्मी-अब्बा उसे तसल्ली देते, बड़ी-बड़ी मिसालें देते जो उसपर और उल्टा असर करतीं। वह चुपचाप अकेले में बैठी रोती रहती।

शमीम खुद इधर बहुत परेशान-सा रहता था। कभी-कभी रात को तालिया की नींद टूट जाती तो शमीम को अपने बिस्तर पर नहीं पाती। अकसर शमीम छत पर टहलता मिलता। शमीम का यह रूप तालिया को और परेशान और दुःखी कर डालता। शमीम खुद परेशान और दुःखी था, यह तालिया से छुपा न था। और ऐसी हालत में शमीम को छोड़कर जाना भी उसे बुरा महसूस होता था। तालिया को लग रहा था, दोनों अपनी-अपनी जगह छटपटा रहे हैं। यह छटपटाहट जितनी बढ़ती, मोह के बन्धन उतने ही कसते जाते।

और यही निराशा एक गन्ध की तरह उसकी सुबह और शाम में घुल गई थी। दोनों अपने को भुलाने की लाख कोशिश करते पर दोनों के बीच एक उदासी, एक ठंडापन घर करता गया। दोनों एक-दूसरे का मन बहलाने के लिए छटपटाते पर अपनी-अपनी उदासी के धुएं में घुटकर रह जाते।

तालिया जब ज्यादा उदास हो उठती तो छत पर चली जाती और नीचे गली को घंटों-घंटों देखती। गली का वही पुराना वातावरण था जो पिछले सात सालों से वह देखती आ

रही थी। ये लोग जिस घर में रहते थे, वह एक चाल के एक ऊंचे मकान की तीसरी मंजिल का बाहर का पलट था, जहां से नीचे जाने की सीढ़ियां थीं और उससे सटकर एक छोटी-सी छत थी। यह छत सिर्फ उन्हींके फ्लैट से लगी थी।

बालकनी से सामने वाले फ्लैट का अन्दर का सारा दृश्य दीखता था। न जाने क्यों वह अकसर सीधे छत पर जा खड़ी होती थी।

शमीम रोज तालिया को मनाता था। वैसे भी तालिया उस भीड़-भरे वातावरण से इतना घबरा गई थी कि कभी-कभी उसका भी मन कहीं भाग जाने का होता। वैसे पहले जगदलपुर छोटा-सा शहर था पर अब दण्डकारण्य के फैलाव की वजह से वह भी काफी फैल गया था। सड़कों पर नये-नये लोग दीखते, शहर की चहल-पहल में वह पुरानापन नहीं था। यहां भी फैशन आ गया था। भीड़ बहुत हो गई थी, जैसे छोटे कमरे में ढेर सामान भर दिया गया हो और घुटन बढ़ गई हो।

एक शाम तालिया जाने के लिए राजी हो गई। जाने की बात तय हो जाने पर भी दोनों उदास थे। तालिया अकेले जाकर वहां रहना नहीं चाहती थी, इसलिए वह बार-बार शमीम को मनाती।

"नहीं, शमीम, तुम भी साथ चलो। जाने क्यों अकेले रहने में डर लग रहा है?"

"फालतू वहम न पालो तालिया, कुछ महीने की तो बात ही है, तुम्हारी तबीयत ठीक होते ही लेने आ जाऊंगा।"

तालिया ने बुझे मन से सारी तैयारी की।

दोनों सेकण्ड क्लास के डिब्बे में बैठे थे। डिब्बे में कम ही लोग थे, लोगों ने पूरी-पूरी सीटें घेर रखी थीं और चादर ताने सोए थे। वैसे भी रायपुर से बिलासपुर वाली ट्रेन में भीड़ नहीं होती। छोटी लाइन की ट्रेन थी। छोटे-छोटे स्टेशनों पर लोग उतर जाते। लम्बे सफरवाला कोई नहीं था। वे दोनों रात-भर के बस के सफर से थक गए थे। शमीम नीचे की सीट पर तालिया के लिए बिस्तर लगाकर ऊपर वाली सीट पर खुद लेट गया। तालिया को थकान के बावजूद नींद नहीं आ रही थी।

शमीम ने कई बार तालिया से सो जाने को कहा, पर तालिया खिड़की से लगी भागते पेड़-पौधे, खेत, खेतों की हरियाली में निपट देहाती लोगों को काम करते देखती रही। तड़कती धूप में चिड़ियों का तालाब-किनारे के किसी पेड़ की ठंडी छांव में पनाह लेना उसे छू जाता। एक बार तालिया ने उचटकर शमीम को देखा, वह सो चुका था। खेतों को चीरते हुए बैलगाड़ियों के लिए रास्ते बने थे; ऐसे ही कच्चे रास्तों पर जाती बैलगाड़ियों को वह टक लगाकर देख रही थी। खेतों के पार कुछ घर दिखाई पड़ रहे थे। एक घर के सामने कुछ चहल-पहल लग रही थी। शायद किसीके हाथ पीले हो रहे थे। कुछ बैलगाड़ियां भागी जा रही थीं, इतनी उतावली से जैसे कहीं की बारात हो।

तालिया की कोहनी गड़ने लगी, उसने हाथ हटाया तो कोहनी पर खिड़की की छाप बन गई थी। उसने कोहनी को सह-लाया और पीछे झांका पर वह बारात जा चुकी थी। ट्रेन बेसब्री से दौड़ रही थी। वह बर्थ पर लेट गई। उसे हल्के-हल्के नींद आने लगी।

सबसे पहले उसने शमीम को तब देखा था जब वह खड़ी लम्बी सीढ़ियों को एक ही सांस में चढ़कर ऊपर आई और दालान के खम्भे को पकड़े हांफने लगी। अब्बा किसी नाजुक काठी वाले युवक के साथ बातचीत करते हुए आ रहे थे। वह खिड़की की आड़ हो गई। दोनों पीछे वाला दालान पार कर सामने आ गए थे और सीढ़ियों के पास खड़े बातें कर रहे थे। क्या बातें कर रहे थे, यह तालिया को मालूम न हो सका, उसने यहां से सुना :

"जी हां, आज की राजनीति और कविता कुछ अलग-अलग 'आर्ट' नहीं। नेता कविता लिखने काबिल रह जाए, यह नामुमकिन है। पर क्या कहिए साहब, हमारे पांडेजी भाषण भी जोरदार देते हैं और कमरा बन्द करके कविता भी लिख लेते हैं।"

"पर आदमी तो सिद्दीकी साहब, आदमी ही रहता है। राजनीति में हिस्सा लेने लगने से अन्दर के सब झरने बन्द थोड़े ही हो जाते हैं?"

दोनों बातें करते-करते मुड़े। सिद्दीकी साहब की नजर तालिया पर पड़ी जो अब भी हांफ रही थी और बड़ी-बड़ी आंखों से दोनों को घूरकर देख रही थी।

"यह मेरी बेटी तालिया है।" शमीम ने नजर उठाकर तालिया को देखा। उसे याद है, वह देखकर एकदम सकते में रह गया था, पर जल्दी ही उसने अपने को संभालकर नजरें नीची कर ली थी।

शमीम विदा लेकर सीढ़ियां उतर गया था, अंतिम सीढ़ी से उसने पलटकर देखा था और अपनी तरफ दोनों को देखते पा, झेंपकर चला गया था। दोनों हल्का-सा मुसकरा दिए थे।

बचपन से ही तालिया स्वभाव से चंचल रही है। इकलौती होने की वजह से उसमें खुलाव ज्यादा रहा। लड़कों की तरह खेल खेला करती। सिद्दीकी साहब पढ़े-लिखे विचारों के आदमी थे। हर चीज को अपने ढंग से देखते थे। वह मानते थे कि कौन जाने मरने के बाद जन्नत मिलती है भी या नहीं, क्यों न सारी ऐश ले ली जाएं। 'रिस्क' क्यों लें, यहां भी दुःख झेलें और वहां भी कुछ न हाथ आए।

सिद्दीकी साहब अरसे तक गवर्नमेंट सर्विस में रहे—अंग्रेजों के जमाने से, जब नौकरी करना लोहे के चने चबाना कहलाता था। उन लोगों के साथ काम करना वाकई बहुत मुश्किल था। वह ईमानदारी से काम करने के लिए प्रसिद्ध थे। जहां भी वह ट्रांसफर पर जाते, उनकी खूब इज्जत होती।

उन्हें बुन्देलखण्ड खूब पसन्द आया। यहां के प्राकृतिक सौन्दर्य ने उन्हें इतना बांध लिया कि जब वह डिप्टी कलेक्टर की पोस्ट पर रिटायर हुए तो यहीं बंगला बनवा लिया। उसे बहुत-सी बातें याद हैं—तालिया तब छोटी थी। सिद्दीकी साहब घर पर ज्यादा नहीं रहते थे, उनकी ड्यूटी दूर की रहती। खुद उन्हें तालिया के बारे में कुछ मालूम नहीं था—वह क्या पढ़ती है, क्या खाती है। कभी-कभार सालाना इम्तहान के बारे में पूछ लिया करते थे। तालिया की अम्मी बहुत पुराने घर से ब्याही आई थीं। शादी के पहले उन्होंने सिद्दीकी साहब जैसा खुले विचारों वाला आदमी नहीं देखा था। शादी के बाद उन्हें जैसा वातावरण मिला, वह उनसे झिला नहीं, और जैसाकि

हमेशा होता है, ऐसे परिवारों की औरतें या तो जरूरत से ज्यादा फैशनेबल हो जाती हैं और स्वभाव से मॉडर्न और दकियानूसी के बीच में रह जाती हैं। वैसे अम्मी अच्छी काठी की औरत थीं, रंग एकदम खुला गोरा था, गोल चेहरे पर टंकी बड़ी-बड़ी आंखें और गालों के सुर्ख गुलाब हमेशा चुगली खाते थे कि वह पेशावरी पठान की बेटी हैं।

पर वह दूसरे बच्चों की तरह खुलकर हंस नहीं पाती थीं। घर में सब नास्तिक थे। मुसलमान परिवार होते हुए भी कभी ईद-बकरीद छोड़कर किसीने नमाज नहीं पढ़ी। धर्म चाहे कुछ हो, खुदा या भगवान चाहे हो या न हो, पर इतना जरूर है कि आदमी अगर उसे मानने लगे तो बुराई से बचा रह सकता है।

यों तालिया का जीवन खली नदी की तरह स्वतंत्र था। कोई बाधा नहीं, कोई बन्धन नहीं। स्वतंत्रता की इसी छटपटा-हट में उसने जीवन के अठारह वर्ष भोगे।

ऐसी ही एक शाम, घर में झगड़े के बाद का तनाव था। वह बहुत ऊबी-ऊबी सामने के लॉन में टहल रही थी कि शमीम आया। शमीम ने उससे थोड़ी-बहुत बात की, और अन्दर चला गया। उसका मन हुआ, उसे रोक ले, पर उसके बोलने के पहले ही शमीम घर में चला गया था। वह बाहर खड़ी अन्दर की आहट लेने लगी। अन्दर से किसी चीज के पटकने और फिर जोर-जोर से चिल्लाने की आवाज आने लगी। वह खड़ी शमीम के आने का इन्तजार करने लगी और जैसा वह सोच रही थी, वैसा ही हुआ। शमीम परेशान-सा बाहर आया और उसके पास खड़ा हो गया।

"अन्दर क्या हो रहा है?"

उसने उपेक्षा से मुंह बिचकाया। शमीम को करीब घसीटती-सी बगीचे के दूसरे किनारे ले गई। दोनों एक बेंच पर बैठ गए। पलभर वह चुप रही, फिर अचानक बोली, "आप मुझसे शादी करेंगे?"

शमीम आश्चर्य से ठगा-सा रह गया। उसकी समझ में ही नहीं आया, तालिया क्या कह रही है।

शमीम की ऐसी मुद्रा देखकर वह और उतावली हो गई, "बोलिए, मैं 'हां' या 'न' में उत्तर चाहती हूं।"

शमीम उसे अचम्भे में घूरता रहा, फिर बोला, "उत्तर इसी वक्त चाहिए।"

"हां, इसी वक्त, मैं इस घर के वातावरण से इतना घबरा गई हूं कि बाहर भागने की बहुत इच्छा होती है। यदि आप 'हां' नहीं करेंगे तो मैं किसी भी वक्त किसीके साथ शादी कर लूंगी; अन्जाम चाहे कुछ भी हो।"

"मुझे मंजूर है, पर इतना सोच लो, शायद हम गलत निर्णय कर रहे हैं।"

"ये बाद में सोचने की बातें हैं," अचानक तालिया रोने लगी। उसका सारा शरीर कांपने लगा। शमीम उसके हाथ को सहलाता रहा।

अन्दर कमरे से किसी चीज के जोर से पटकने की आवाज आई और सिद्दीकी साहब बाहर जाते दिखे। दोनों झट से अलग हो गए।

शमीम के जाने के बाद तालिया को अपनी कही बात का भान हुआ, और वह झेंप-सी गई। जाने शमीम क्या सोचता होगा? अपनी तरफ से इस तरह प्रस्ताव रखने वाली शायद वह पहली लड़की होगी। कैसी बेशर्मी से उसने यह बात कह दी! इसी उधेड़बुन में वे दिन कटने लगे। उस दिन से शमीम ने आना ही बन्द कर दिया। यह बात उसे दुःख देती। पल-पल करके दिन खिसकते गए। पता चला, शमीम जगदलपुर चला गया है। वह फिर उसी पुराने वातावरण में छटपटाती जीती रही।

एक दिन वह कमरे में आई तो टेबल पर एक खुला पत्र पेपरवेट से दबा रखा था। उसने पत्र को पेपरवेट के नीचे से खींचा तो वहां दो पत्र थे—एक शमीम का, दूसरा सिद्दीकी साहब का। उसके पेट में घबराहट से दर्द होने लगा। उसने दोनों पत्र उठा लिए। शमीम ने सिद्दीकी साहब से शादी करने की इच्छा प्रकट की थी, और दूसरे पत्र में सिद्दीकी साहब ने उससे उसकी मर्जी जाननी चाही थी। पत्र से साफ लग रहा था कि वह दोनों पर नाराज हैं। उसने दोनों पत्रों को अपने पास रख लिया, क्योंकि उसमें ऐसा ही लिखा था—'यदि तुम्हें शमीम से रिश्ता मंजूर है तो पत्र रख लेना वरना पत्र को वहीं रख देना।

वह देर तक अपने भाग्य को अपनी मुट्ठी में बन्द खतों से महसूस करती रही, फिर वह धीरे-धीरे सिद्दीकी साहब के कमरे में गई। वह पलंग पर लेटे थे और एक हाथ की कोहनी से आंखें ढंके थे। टेबल पर अगरबत्ती जल रही थी। नौकर उनके पैर दबा रहा था। उसके पैर दरवाजे पर रुक गए। सिद्दीकी साहब ने आहट पाकर आंखों पर से हाथ हटाया और तालिया को देखा। उनकी आंखें लाल थीं। तालिया सहम-सी गई। उनकी आंखें तभी लाल होती हैं जब वह ज्यादा परेशान होते और देर तक आंखों पर कोहनियों को वजन देकर सोचते रहते थे। उसे देख वह पलंग की पट्टी से टिक गए। वह धीरे-धीरे पलंग के, पास गई और सिर झुका लिया, उसका दिल जोर से धड़कने लगा। उसने उन्हें देखा, वह अचानक बूढ़े-से दीख रहे थे। उनके चेहरे से लग रहा था कि उन्होंने पहली बार तालिया के बड़े होने पर विचार किया है, और शायद अचानक उन्हें अपनी जवाबदारी महसूस हुई है। उसने होंठों को कस लिया। उसके हाथ में दोनों पत्र साफ दीख रहे थे। सहसा लगा, वह चक्कर खाकर गिर पड़ेगी। उसके पैर कांपने लगे। वह दौड़ते हुए दालान में आई। उसे कुछ होश नहीं था, बस उसके कानों में अपने सैंडिलों की खट-खट गूंजती रही।

तालिया अपनी सहेली जमीला से मिलकर लौटी तो पाया, घर में जोर से झगड़ा हो रहा है। वह देर तक बाहर वाली दीवार से लगी खड़ी रही, उसके पेट में दर्द हो रहा था, और दिल जोर-जोर से धड़क रहा था।

"तालिया !"

जाने कैसे उसकी उपस्थिति का भान अम्मी को हो गया था। सहमी-सी अन्दर गई तो पाया, कमरे की चीजें बिखरी पड़ी हैं। फूलदान अम्मी ने गुस्से में पटक दिया था, उसके कांच के टुकड़े चारों तरफ बिखरे पड़े थे।

"तुम शमीम के साथ शादी करना चाहती हो ?"

कमरे की निस्तब्धता में अम्मी का प्रश्न फड़फड़ा रहा था। लम्बी आरामकुर्सी पर आंखें मूंदे सिद्दीकी सहब बैठे थे। निश्चय ही वह अपने को इस झगड़े से अलग रखना चाहते थे। उसने

कुछ नहीं कहा और घबराई-सी कांच के बिखरे टुकड़ों को गिनती रही। अम्मी गुस्से के मारे तमतमा रही थीं। वह यह जानते हुए भी कि बड़ी गम्भीर स्थिति है, कांच के टुकड़ों को गिनती रही। जाने कभी मन ज्यादा घबराहट, या दुःख में इतना हलका-फुलका कैसे हो जाता है, कैसे किसी छोटी-सी चीज को लेकर उसीसे बंध जाता है!

"हां, मैं चाहती हूं," तालिया के जवाब से कमरे की हर चीज स्तब्ध रह गई। वह मुड़ी और अपने कमरे की तरफ भागी। रास्ते में उसे लगता रहा कि अम्मी के हाथ में रखा पेपरवेट उसे अब लगता है, अब लगता है। पर ऐसा कुछ नहीं हुआ। कमरे में सन्नाटा छा गया था।

सोचते-सोचते तालिया खिड़की से टकरा गई। ट्रन किसी स्टेशन पर रुक गई थी। शमीम अभी भी सो रहा था।

दो

नारियल के पेड़ों को लांघकर सूरज की किरणें अनजानी टूटी कब्र पर पड़ रही थीं। कब्र शायद सदियों पुरानी थी और पत्थरों से बनी थी। बीच में आज उसके एक तरेड़ आ गई थी। चारों तरफ ढेर सारी जंगली घास उग गई थी। कब्र के सिर-हाने थोड़ी दूर पर हरसिंगार का लम्बा पेड़ था, वहां नीचे बड़ी मुलायम घास थी। तालिया जब से यहां आई है, अकसर यहीं आकर बैठ जाती है। थोड़ी दूर पर एक पुराना कुआं है जिसका पानी बगीचे के काम आता है। पहले वे लोग इसीका पानी पीते भी थे। पर जब से घर में नल आ गया था, इसकी हैसियत घट गई है।

"तालिया, तालिया!"

दालान से शमीम की आवाज आई। तालिया ने मुड़कर देखा, शमीम नंगे पैर ही बाग में चला आ रहा है।

"तुम्हें सारे घर में ढूंढ़ डाला और तुम यहां बैठी हो!" पास आते-आते शमीम ने कहा।

' "अभी तो आई हूं।"

"इस खामोशी में क्यों बैठी हो? घर में सब नाश्ते पर तुम्हारा इन्तजार कर रहे हैं।"

"जानते हो शमीम, मुझे इस कब्र को देखना बड़ा अच्छा लगता है। जी भर आता है, न जाने कौन है, किसकी कब्र है। न दीया, न अगरबत्ती, न कोई फातेहा पढ़ने वाला। कितना अजीब लगता है, है न?"

शमीम ने देखा, तालिया की आंखों में उदासी के पीले डोरे तैर रहे थे। वह तालिया के पास बैठ गया, "न जाने तालिया, तुम्हारा दिल छोटी-छोटी बातों पर इतना परेशान क्यों हो जाता है, चलो नाश्ते के लिए।"

तालिया शमीम के पीछे-पीछे दालान में आ गई। अभी भी उदासी उसे घेरे थी।

दोनों बीच के गोल कमरे को पार कर दाहिने हाथ के लम्बे कमरे में गए, जहां गोल मेज की सात खाली कुसियों में से एक पर सिद्दीकी साहब बैठे अखबार पढ़ रहे थे, उनके हाव-भाव से लग रहा था कि पढ़ने में उनका मन नहीं था। वह जल्दी से नाश्ता और चाय ले लेना चाह रहे थे। अम्मी शायद कमरे में नहीं थीं, हो सकता है, रसोईघर में आमलेट वगैरह बनवा रही हों।

"कहां थीं तुम, तालिया?"

"जी···?"

"मैं बताऊं, खालूजान, कहां थी?" शमीम ने शरारत से तालिया को देखा। जवाब में तालिया ने गुस्से-भरी आंखों से उसे घूरा। सिद्दीकी साहब मुसकरा दिए और आंखों पर से चश्मा उतार उन्होंने टेबल पर रख दिया और उंगलियां चटकाते हुए बावर्चीखाने की तरफ देखा। तभी अम्मी तश्तरी में गर्म-गर्म परांठे रखे आई। तालिया को अम्मी का कमरे में न होना अच्छा लगा, वरना बेकार के प्रश्नों से बोर होना पड़ता। शमीम की आंखों में अब भी शरारत थी। उसके हाव-भाव से साफ लग रहा था कि वह शिकायत करना चाहता है। तालिया अपने चेहरे को गंभीर बनाए रही, जिससे शमीम की हिम्मत नहीं हुई। शमीम ने टेबल के नीचे से हाथ ले जाकर हल्के से

उसकी जांच को चिबक दिया, इस दबाव में स्नेह और मनाने का भाव था। तालिया हल्के से मुस्करा दी।

"बंसी, ऐ बंसी !"

"जी···"

"अलमारी से टमाटर सॉस की बोतल तो लाओ।"

थोड़ी देर में बंसी आया। उसके हाथ में टमाटर सॉस की बोतल थी। बंसी की एक आंख खराब थी, दूसरी से भी कम ही दीखता था। उम्र पैंतीस की होगी, पर फिक्रों से काफी बूढ़ा लगने लगा था।

वह जल्दी-जल्दी आ रहा था कि सामने रखे स्टूल से टकरा गया और सांस की बोतल छिटककर जा गिरी। सारे फर्श पर शीशे के टुकड़े और सॉस का मलबा बिखर गया।

"अन्धा! कितनी बार कहा, धीरे-धीरे चला करो!" अम्मी बड़बड़ाई।

बंसी घबराकर कांच के टुकड़े टटोलने लगा। वह बुरी तरह घबरा गया था; पसीना कान के पास लकीर बनकर बह रहा था।

"बंसी, जाओ, झाड़ू लाकर सब साफ करो, कांच हाथ में लग जाएगा।"

बंसी झाड़ू लाने चला गया पर अम्मी अभी भी बड़बड़ा रही थीं, सुबह-सुबह इस घटना से सबका मूड खराब हो गया था। बिना बातचीत के सबने नाश्ता किया।

कमरा फिर खाली हो गया। सिद्दीकी साहब बाहर वाली बैठक में चले गए थे। अम्मी तार के छींके में से सब्जी टटोल रही थीं, दोपहर के लिए। तालिया दालान में रखी मशीन की गर्द साफ़ करने लगी।

"तालिया, मेरा पाजामा तो निकाल दो न।" शमीम ने पुकारा।

मकान के बाईं ओर का कमरा तालिया और शमीम का था, जहां जब भी वे आते, ठहरते। दीवार से लगे दो बड़े-बड़े पलंग, सामने छोटी-सी टेबल पर रखा टेबल-लैम्प, सूनी दीवारों पर दो-एक सादे चित्र, कोने में गोदरेज की एक अलमारी।

तालिया ने अलमारी का हैंडिल घुमाया ही था कि पीछे से

शमीम ने उसके कन्धे पर हाथ रखा। उसने मुड़कर देखा।

"अलमारी मत खोलो।"

"क्यों?"

"मैंने तुम्हें दूसरे काम से बुलाया है।"

"वही तो कर रही हूं।"

"ऊं हूं···'आओ, यहां बैठो।"

तालिया पलंग पर बैठ गई, शमीम टहलता रहा।

"अच्छा, मेरे जाने का क्या सोचा?"

"रहो न अभी, मैं अकेली हो जाऊंगी।"

"नहीं तालिया, बहुत दिन हो गए यहां आए, छुट्टियां भी खत्म हो रही हैं। सोचता हूं, लौटते में अब्बा के पास भी रुककर जाऊं।"

तालिया का दिल हल्के-हल्के धड़क रहा था; सुबह की गाड़ी से शमीम लौट रहा था। पलंग पर पड़ा वह कोई किताब पढ़ रहा था। बाहर बैठक में कुछ लोग बैठे थे, जिनका मिला-जुला ठहाका दीवारों को कंपा रहा था। बंसी ढेर सारी प्यालियों को टांके के धोने रख रहा था। अम्मी पानदान के सामने बैठी बाहर बैठक में भेजने के लिए पान तैयार कर रही थीं। गौरैया चिड़ियां आंगन में, जहां बड़ी-बी चावल साफ कर रही थी, शोर कर रही थीं। तालिया रस्सी पर से कपड़े समेट रही थी, उसके कमरे में रेडियो बज रहा था। चारों तरफ के शोर में भी वह अपने को भुला नहीं पा रही थी। उसके पेट में हल्के-हल्के दर्द हो रहा था।

"सुनो, इसमें सब कपड़े रख दिए हैं और इस डायरी में सब नोट है। कुछ कहीं भुला न देना।"

"ठीक है।"

"उस नौकरानी के पैसे बराबर देते रहना, छुड़ाना नहीं, डांटना भी नहीं।"

"ठीक है, बाबा, ठीक है।"

"और लेने आप कब आएंगे?"

"जब कहोगी।"

"यानी में अगर न कहूं तो? आपका दिल नहीं चाहता?"

तालिया सूटकेस को लॉक करने लगी।

"अरे हां, तुमने यह नहीं कहा, रेल की खिड़की से नहीं झांकना, होटल का न खाना और···और किसी लड़की को घूरना नहीं।"

"हिश ! मैंने कब ऐसा कहा ?"

शमीम जोर से हंस पड़ा, तालिया भी उदास होने के बावजूद हंस पड़ी।

"देखो, शेव का सामान जरा ठीक कर दो, वरना बिना शेव के जाना पड़ेगा। हां, टाइम क्या हुआ है ?'

"अभी तो जनाब जाने में दो घटे बाकी हैं।"

शमीम जल्दी-जल्दी शेव करने लगा। तालिया बंसी की मदद से उसका बिस्तर-बेडिंग कसने लगी। नाश्ता करके शमीम ड्राइंग-रूम में जा बैठा। तालिया से बिलकुल नाश्ता नहीं किया गया। उसके पेट में घबराहट से दर्द हो रहा था। आंखें बरसने पर तुली थीं।

बंसी ने आकर कहा, "सामान रखा जा चुका है," तो सब एकाएक उठे। लगा, जैसे वे सब जाने की बात भूल ही गए थे। शमीम जल्दी से उठा। सब बरामदे से होते हुए गेट के पास आ गए—जहां गाड़ी खड़ी थी।

"साहब, बस के छूटने में सिर्फ पन्द्रह मिनट बचे हैं।"

शमीम ने जल्दी से सिद्दीकी साहब से हाथ मिलाया, मम्मी को सलाम किया। तालिया ने बहुत धीरे से शमीम को आदाब किया। शमीम के बैठते ही बस स्टार्ट हो गई। सिद्दीकी साहब और मम्मी लौट गए थे। तालिया और बंसी अब भी वहीं खड़े थे। काफी दूर तक सीधी सड़क थी, जिससे बस दीखती थी। तालिया का दिल कह रहा था, शीघ्र शमीम जरूर पीछे मुड़कर देखेगा, पर उसने नहीं देखा। उसके दिल में हल्की-सी टीस उठी —'कितने अजीब हैं, जरा-सा मुड़कर देख लेते तो ?'

तीन

ग्यारहवीं का महीना चल रहा था। हर घर में मिलाद-शरीफ हो रही थी। इस बार जाने सिद्दीको साहब का कैसे मूड

आ गया, उन्होंने अपने घर भी मिलाद-शरीफ रखने की सोची। शाम से घर में मिलाद की तैयारी हो रही थी। जमीला सुबह से यहीं थी। बड़े कमरे का सोफा वगैरह हटा दिया गया था।

"अरे, आप खुद लेकर क्यों आ गए, किसी नौकर के हाथ भेज दिया होता?"

"जी, कोई बात नहीं।" जावेद ने कहा।

"देखो तालिया, बंसी से कहो, इसे ले जाए।" सिद्दीकी साहब ने जरा आवाज ऊंची करके कहा।

तालिया बाहर बरामदे में आई तो देखा, एक नवयुवक खड़ा था, उसने खाकी फुलपैट पर सफेद कमीज पहन रखी थी।

"यह मेरी बेटी तालिया है।"

दोनों ने एक-दूसरे को देखा।

"आया करो न, बेटा। हां भई, तुम्हारी बस तो गंगऊ डैम जाती है न, वह जगह जरा तालिया को दिखानी है।"

"जी हां, जरूर, मैं भी कुछ दिनों में जाने वाला हूं, शिकार के लिए, बहनों की मंगनी है।"

"अच्छा, तो तुम शिकार के गोश्त से पुलाव बनवाना चाहते हो, क्यों?''

सब हस पड़े। बंसी दरी उठाकर चला गया। तालिया भी अंदर आ गई। उसे मालूम नहीं हुआ कि जावेद कितनी देर तक बाहर बैठा रहा।

कमरे में दरी बिछा दी गई थी। उसपर कालीन बिछा था। छोटे-से तख्त पर सफेद मेजपोश झकमका रहा था। गुल-दस्ते में खूबसूरत फूल चुन दिए गए थे। दो काम की हुई तश्तरियों में बड़ी-बड़ी रंगीन मोमबत्तियां जल रही थीं। सारे कमरों में लोबान की खुशबू फैली थी।

तालिया को आज बहुत अच्छा लग रहा था। उसकी उदासी खत्म हो गई दीखती थी।

जमीला उसके कमरे में बैठी हुल्लड़ कर रही थी, "तालिया, तू क्या पहन रही है?"

"ऊंह मुझे क्या, कोई-सी भी साड़ी बांध लूंगी, या शलवार-कमीज?"

"बात टालती है। तो जरा ठहर तो।" जमीला तालिया

को गुदगुदाने लगी।

"टालना क्या है, जमीला! कोई मन हो, तब न?"

"क्यों, क्या आज उनकी कमी खल रही है?"

"हां, जमीला, जाने वह वहां क्या करते होंगे? कल एक खत तो आया था।"

"अच्छा देख, टाइम हो गया मेहमानों के आने का, खालाजान चिल्लाएंगी। चल, पहन जल्दी!" जमीला ने तालिया की बात काटते हुए कहा।

"तुझे तो हर बात की जल्दी पड़ी रहती है, जमीला! चुप बैठ।"

"अरे, तू तो ऐसे एहसान तोड़ रही है, जैसे हम तुझे कपड़े पहनाए बिना मरे जा रहे हैं।"

"तुझे मैं जानती हूं, तू काहे बिना मरी जा रही है, पर··· में अब बूढ़ी हो गई हूं, तुम लोग पहनो-ओढ़ो।" कहते-कहते तालिया फिर उदास हो गई।

जमीला तालिया के पास चली गई, "कैसी पागलों-सी बातें करती है? अभी तेरे दिन ही कै बीते हैं?"

"तू नहीं जानती जमीला, शादी के बाद लड़की एक साल में वहां पहुंच जाती है, जहां कुंवारी दस साल में पहुंच पाएगी। फिर मेरे पास खुश होने के लायक रह ही क्या गया है, सारी खुशियां तो खुदा ने छीन लीं।"

"छिः तालिया, तेरे मुंह से ऐसी बातें अच्छी नहीं लगती। उठ, चल, कपड़े बदल!" जमीला ने तालिया को हाथ से पकड़कर उठाया।

बाहर के कमरे में आदमियों का आना शुरू हो गया था। औरतों में सिर्फ पड़ोस के लोगों को बुलाया गया था। औरतें आ गई थीं और खाने वाले कमरे में बैठी थीं, जिनमें कुछ लड़कियां थीं। जमीला की अम्मा भी तांगें से आ गई थीं।

कमरा भर गया था। मिलाद बाहर शुरू हो गई थी। तालिया लड़कियों के बीच बैठी थी। वह सबसे ज्यादा खूबसूरत लग रही थी। लड़कियां मिलाद सुनना छोड़ चहक रही थीं। चहकती लड़कियों को कभी जमीला की अम्मी घुड़क देती तो

चुप्पी हो जाती। थोड़ी देर में बातें फिर शुरू हो जाती। लड़कियां सभी हद से ज्यादा शोख थीं। तालिया को अपना उनके बीच उदास बैठे रहना अजीब लग रहा था। लग रहा था, जैसे वह कोई अजनबी है। उसे आज पहली बार महसूस हुआ कि वह हंसना-चहकना कैसे भूल गई! जमीला लड़कियों के साथ मिलकर खूब हंस रही थी। उसे खुदा पर गुस्सा आने लगा जिसने इतनी छोटी उम्र में उसे उजाड़-सा बना दिया।

वह बाहर के गोल कमरे में देखने लगी। दरवाजे पर सिद्दीकी साहब खड़े किसीको कुछ समझा रहे थे। थोड़ा वह हटे तो तालिया ने देखा, जावेद था। सिद्दीकी साहब से बात सुनकर वह अन्दर आया और अम्मी से पान की थाली लेकर चला गया।

लड़कियों ने उसे देखा। शेख साहब की लड़की रेहाना बोली, "बीवी बेचारी मायके जच्चकी के लिए गई है, तो देखो जावेद भाईजान का चेहरा कैसा सूख गया है।"

सारी लड़कियां हंस पड़ी। तालिया को बड़ा अजीब लगा। कैसे किसीको भी देख हंस देती हैं ये लोग!

तभी उसने सुना, शेख साहब की बीवी, अम्मी से कह रही थीं, "सुना है, तालिया को बाल-बच्चा नहीं होगा? बहन, क्यों न तुम तालिया को लेकर अजमेर चली जाओ, वहां तो बड़ी-से-बड़ी बांझन की मुराद पूरी हो जाती है।"।

बांझन शब्द उसके दिल पर सीधा आकर बैठ गया। अम्मी चुप थीं या कुछ कह रही थीं, वह सुन नहीं पाई। उसकी आंखें भरी आ रही थीं। जमीला ने भी वह बात सुन ली थी। उसे भी बुरा लगा।

"चल जमीला, देखें चाय तैयार है या नहीं," तालिया ने अपने को सम्हालते हुए वहां से खिसक जाना चाहा। दोनों उठकर पीछे के दालान में आ गई। दोनों आकर खाने के कमरे में कुर्सी पर बैठ गई। तालिया का चेहरा एकदम उदास था, आंखें सुर्ख हो गई थीं। जमीला की समझ में नहीं आया कि इस वक्त क्या बोले। वह देर तक टेबल पर रखी शीरनी के थाल को देखती रही।

जमीला ने तालिया के हाथ को सहलाया।

"तालिया!"

"हूं।"

"क्या सोच रही हो ?"

"सोच रही हूं जमीला; मेरे चमन में आग लगी है, इसकी खबर दुनिया को कैसे लगी ?"

"दिल छोटा न करो तालिया, चार औरतों में उठो-बैठो तो खबर सुनने को मिल ही जाती है।"

"नहीं जमीला, मुझे इसका गम नहीं है। जिन्दगी तो किसी तरह गुजारना ही है, पर मैं यों चर्चा का विषय होना नहीं चाहती। लोग क्यों किसीकी मजार पर जाकर फातेहा पढ़ते फिरते हैं ?"

जमीला की भी आंखें भर आईं। उसने दूसरी तरफ मुंह करके आंसू पोंछ लिए।

"तालिया, खुदा ने तेरे साथ ऐसा मजाक क्यों किया? इतनी खूबसूरत मूर्ति की सारी ममता निचोड़ ली।"

अचानक सुन पड़ा:

"शीरनी की प्लेट कहां है ?"

दोनों ने चौंककर देखा, सामने दरवाजे पर जावेद खड़ा था। दोनों पल को सकते में रह गईं। जमीला ने उठकर प्लेट दे दी। तालिया को आश्चर्य हो रहा था कि यह इस तरह घर के आदमी जैसा काम कैसे कर रहा है।

"यह क्या करते हैं ?"

"यूं ही, मोटरें चलती हैं, बहुत ही बड़ी और पुरानी फैमिली हैं।"

दोनों बावर्चीखाने में झांकने लगीं। चूल्हे पर बड़े-से देगचे में चाय का पानी उबाल खा रहा था। दोनों पुरानी बातें भूल गई थीं। उदासी बह गई थी। और दोनों जल्दी-जल्दी शीरनी की पुड़िया थाल में रखने लगीं।

"तालिया, जमशेद का खत आया था।"

"अच्छा," तालिया जमीला को देखने लगी जो शर्म से गुलाबी हो रही थी। "शादी के लिए कब कहते हैं तुम्हारे अब्बा ?"

"क्या जानूं !"

"ओफ्फो, बन तो ऐसे रही है, जैसे जानती ही नहीं ! बता

न? अच्छा बता, खत में क्या लिखा था?"

"लिखा था, उस दिन का मैं रोज इन्तजार कर रहा हूं, जब मैं अपनी सपनों की रानी को अरमानों की पालकी पर बैठाकर अपने देश लाऊंगा।"

"वाह, सच, क्या बात लिखी है, जी चाहता है···जी चाहता है···"

"···क्या जी चाहता है?"

"बताऊं? जी चाहता है, तुझे चूम लूं।"

"मुझे या दूल्हा भाई को!"

"छी:, उन्हें चमने से सारे दाढ़ी के बाल गड़ेंगे।"

"झूठी, जैसे दूल्हे भाई के चेहरे की दाढ़ी कभी गड़ी ही नहीं!"दोनों खिलखिलाकर हंस पड़ी।

मिलाद खत्म हो गई। जावेद, सिद्दीकी साहब अन्दर चाय की ट्रे उठाने आए। तालिया और जमीला जल्दी-जल्दी चाय कपों में डालकर दे रही थीं। चाय ले जाने में और दो-तीन बच्चे लगे थे। बातचीत का स्वर बढ़ गया था। बंसी और बड़ी-बी जल्दी-जल्दी झूठे कप धो रहे थे। जावेद जल्दी-जल्दी अन्दर आता और चाय की ट्रे लिए बाहर चला जाता। तालिया को अजीब लग रहा था। जमीला की शलवार पर चाय छलक गई थी जिससे वह भुनभुना रही थी और गिलास में पानी लिए दाग मिटाने की कोशिश कर रही थी।

अब तालिया की आंखें जावेद की झलक की अभ्यस्त हो गई थीं। उसे वह अब कुछ अजनबी नहीं लग रहा था। बाहर लोग जा रहे थे। अन्दर की औरतें तो चली गई थीं। सिद्दीकी साहब सबसे हाथ मिला रहे थे। तालिया और जमीला निढाल-सी कुर्सियों पर बैठी थीं। बीच के कमरे की दरी और चादरें तितर-बितर हो गई थीं। लोगों के जाने के बाद भी कमरों में रौनक थी। बंसी खाने की टेबल पर से सारा बेकार सामान उठा रहा था। अम्मी शायद अभी भी कमरे में जमीला की अम्मी से बातें कर रही थीं।

"जमीला, अब तो थकान के मारे नींद आ रही है," तालिया ने बहुत ऊबे हुए स्वर में कहा।

"हां, अपने साथ मुझे भी भूखा रखना चाहती है।"

तभी सामने के दरवाजे से सिद्दीकी साहब आए। पीछे-पीछे जावेद था।

"तालिया, खाना तैयार है?"

"नहीं सिद्दीकी साहब, रहने दीजिए, घर में सब इन्तजार कर रहे होंगे।"

सिद्दीकी साहब के काफी कहने पर भी जावेद तैयार नहीं हुआ, हारकर सिद्दीकी साहब चुप हो गए।

"अच्छा भई, पर आते-जाते रहना, गंगऊ कब जाओगे, खबर करना।"

"जी हां, मैं दो दिन पहले से आकर बता दूंगा।"

दोनों जाने लगे, कि बीच वाले कमरे से अम्मी और खाला-जान आई।

"अरे, इन्हें खाना तो खिला दो, कितना काम किया है।"

"कितना तो कहा, मानें तब ना।"

"दरअसल घर में अम्मी रास्ता देखेंगी, खबर करके आता तो जरूर खा लेता, फिर कभी दुबारा क्या घर में आने ही नहीं देंगी?"

"वाह, क्यों नहीं, तुम्हारा घर है!" जावेद की बात से सब हंस पड़े थे। तालिया को खीझ हो रही थी। जावेद को खिलाने के लिए इस कदर जिद करने की क्या जरूरत है?

जावेद सिद्दीकी साहब के साथ बाहर चला गया। अम्मी भी पीछे-पीछे गईं। तालिया ने चैन की सांस ली, वरना अभी फिर परेड हो जाती। तालिया जैसे ही मुड़ी तो जमीला गायब थी। उसे आश्चर्य हुआ। कमरे में जाकर देखा तो पलंग पर सोई पड़ी थी।

"अरे ऐ, चल उठ, खाना खा ले।"

"भई, नींद आ रही है।"

तालिया जमीला को जबरदस्ती उठाकर खाने के कमरे में ले आई।

चार

सुबह-सुबह तालिया बाथरूम से नहाकर निकली। बंसी बाहर चाय ले जा रहा था।

"कौन आया है?" उसने पूछा।

"वही मोटर वाले मालिक।"

तालिया दालान में खड़े-खड़े बाल झटकने लगी। बंसी खाली ट्रे लिए बराबर से निकला।

"आपको बाहर बुला रहे हैं।"

"अच्छा;" उसे आश्चर्य हुआ, उसे क्यों बुलाया जा रहा है? बालों को रिबिन से बांध वह अलमारी दूसरा दुपट्टा निकालने लगी। जब वह गोल कमरे की तरफ गई तो जावेद जा चुका था, और सिद्दीकी साहब सोफे पर लेटे थे। उसे अन्दर कुछ खीझ-सी हुई।

"जी, आपने मुझे बुलाया।''

"हां, देखो, मैं कल रात की गाड़ी से भोपाल के लिए निकल जाऊंगा, परसों यानी बुध को तुम लोग सब जावेद साहब की बस में गंगऊ देख आओ। यहां का सबसे अच्छा डैम है।"

"आप आ जाएंगे तो देख लेंगे।" तालिया ने टालना चाहा।

"तो हर्ज क्या है, देख लो। इतने दिन आखिर तुम लोग बोर ही तो होगे। शिकार देखने का भी मौका मिलेगा कि कैसे करने हैं। जमीला को भी लेती जाना।"

"जी," तालिया उखड़ी-उखड़ी-सी उठकर आ गई। जाने क्यों उसे जाना अच्छा नहीं लग रहा था। शमीम भी साथ होता तो ठीक था। उसे यहां क्यों ले आया, यहां जैसे उसके सारे एकान्त के क्षण छिन गए थे। उसकी समझ में नहीं आया कि गंगऊ डैम देखकर क्या होगा। आखिर डैम जैसा डैम होगा, और क्या?

वे लोग सब पिक्चर गए थे। सिद्दीकी साहब किसीसे बातें कर रहे थे। तालिया ने अंधेरे में देखा, एक मोटा-सा आदमी बैठा था और उसकी बगल में एक महिला बैठी थी। उसने मन-ही-मन दोनों को देखकर हिसाब लगाया, पत्नी होगी या बेटी?

उसे हंसी आ गई।

पिक्चर अच्छी थी, पर सिद्दीकी साहब उसी मोटे आदमी से बातें करते रहे, और ठहाके लगाते रहे। ठहाका इतना जोर-दार होता कि सामने बैठे लोग कुलबुलाकर पीछे देखते, पर दोनों अपने में मस्त थे।

इण्टरवल में तालिया ने देखा, वह मोटा आदमी पंजाबी था।

"तालिया, देखो, यह डॉक्टर सूद हैं, और यह उनकी बेटी डॉक्टर शशि हैं।"

इस बार दोनों ने एक-दूसरे को अच्छी तरह देखा। शशि उठकर उसके पास आ गई, अम्मी दूसरी सीट पर बैठ गईं। तालिया ने शशि को देखा—पंजाबी नाक-नक्शा, गोरा गुलाबी रंग, कद में वह जरूर छोटी थी, पर काफी सुन्दर थी। पूरे नये फैशन में रची-बसी थी। तालिया को ताज्जुब हो रहा था, उसके चेहरे-मोहरे से कहीं भी नहीं लग रहा था कि वह डॉक्टर होगी। पहली ही मुलाकात में दोनों काफी खुल गईं।

तालिया को यह जानकर और प्रसन्नता हुई कि शशि भी उसीकी तरह यहां बोर हो रही है।

"मेरा सारा समय दिल्ली में बीता, अब डिग्री लेकर यहां डैडी के साथ प्रैक्टिस करनी पड़ रही है। दिल्ली जैसी भीड़-भाड़ की अभ्यस्त और यह छोटा-सा शहर, सच बहुत बोर हो जाती हूं।"

दोनों देर तक बातें करती रहीं। पिक्चर देखना तो एक तरह से बहाना था।

शशि के पिता की काफी जायदाद है। वे लोग तीन भाई हैं। दोनों भाइयों की जायदाद शशि के पिता ने ही संभाल ली है, शशि का घर किसी राजा के महल से कम नहीं। तीन मंजिला विशाल मकान। उस मकान में ही अस्पताल है जिसे शशि चलाती है।

पिक्चर छूटने पर सब साथ-साथ नीचे आ गए। सिद्दीकी साहब अपनी गाड़ी में ही उन लोगों को घर छोड़ने गए जहां शशि की काफी जिद पर सबको उतरना पड़ा।

सब लोग बैठक में बैठे थे। शशि तालिया को लेकर ऊपर

छत पर चली गई। सीढ़ियों पर चढ़ते-चढ़ते ही तालिया ने देखा, रसोई से एक औरत बैठक में गई। वह काफी मोटे शरीर की थी। तालिया ने अनुमान लगा लिया कि शशि की मां ही होगी।

छत काफी खुली और बड़ी थी। उसपर कम-से-कम पचास खाट आराम से आ सकती थीं। छत से लगी छोटी-सी बरसाती थी। शशि की छत से टोरिया की पहाड़ी और उसपर बना मंदिर और मस्जिद साफ दीखते थे। दोनों छत पर टहलती रहीं।

"क्या आप डॉक्टरी ही करेंगी ? या शादी का इरादा है ?"

"वैसे मेरा इरादा विवाह का है तो नहीं पर डैडी ने मेरी शादी पक्की कर रखी है। वह भी डॉक्टर हैं।"

"मेरे रहते हो जाए तो अच्छा है, मैं भी शामिल हो जाऊंगी।" तालिया ने अपनापन दिखाते हुए शशि का हाथ दबाया।

दोनों टहलते-टहलते बरसाती के पास आ गई, जहां से एक छत और छत से लगी बरसाती साफ दीख रही थी। छत पर कुछ लड़कियां टहल रही थीं। बरसाती पर कोई बेल लटक रही थी।

"वह छत किसकी है ?"

"वह जावेद लोगों का मकान है। यहां इनकी बसें चलती है।"

"पहचान अभी नहीं हुई ?"

"नहीं, आए तो थे घर पर, मिस्टर जावेद को देखा भी है।"

"हमारे यहां काफी आना-जाना है, समझो उनके घर के लोग और हमारे घर के लोग साथ-साथ ही यहां आकर बसे है।"

"जावेद काफी सुन्दर युवक है, पर वह जाने क्यों पढ़-लिख नहीं पाया, शादी के चक्कर में रह गया।"

"चौबीस का होगा, पर अब दो बच्चों का बाप बन जाएगा।" शशि गहरी आंखों से जावेद की छत को निहार रही थी। तालिया को लगा, शशि को जावेद का शादी करके बच्चों का बाप बन जाना अच्छा नहीं लगा है। उसे यह चर्चा अच्छी नहीं लग रही थी, भला दूसरों के बारे में बातें करके क्या करना

है?

"शादी के बाद तो आप गाजियाबाद चली जाएंगी न? डॉक्टर साहब वहीं हैं?"

"हां, वैसे ससुराल तो रुड़की में है, पर मिस्टर सूद गाजियाबाद में रहते हैं।" शशि की आंखों में लाज सिमट रही थी। तालिया उसके चेहरे को देखकर सोच रही थी—किसी भी तरफ से यह डॉक्टरनी क्यों नहीं लगती?

"आप कविताएं पसन्द करती हैं?"

"जी हां, सुनने में अच्छा लगता है।"

"मैं भी कविता लिखती हूं, सुनेंगी?"

"आर कविता लिखती हैं?" उसने आश्चर्य से पूछा। शशि मुसकराती हुई नीचे चली गई और एक डायरी उठा लाई। देर तक वह उसे कविताएं सुनाती रही, समझाती रही। कविता सुनाते-सुनाते वह इतनी भर आई कि तालिया को लगा, वह रो देगी। मगर वह अपने को बड़े ढंग से संभाले रही।

तभी नीचे से पुकार आई। दोनों नीचे आ गई। बैठक में चाय पीकर सब चलने को तैयार थे। शशि और तालिया भी आगे आ गई। गेट के पास शशि ने धीरे से उसका हाथ दबा दिया।

"आओगी न तालिया, मुझे तुम बड़ी अच्छी लगीं। रोज शाम को टोरिया घूमने चला करेंगे।"

सिद्दीकी साहब, अम्मी वगैरह गाड़ी के पास आ गए थे। विदा करके जब वे लोग जाने लगे तो तालिया को लगा, शशि अन्दर से कहीं टूटी हुई है।

सिद्दीकी साहब रात की गाड़ी से भोपाल चले गए थे। घर अजीब सूना-सूना लग रहा था। दोपहर को शमीम का खत आया था। सिद्दीकी साहब की तैयारी में वह खत ठीक से पढ़ ही नहीं पाई थी।

वह खत लिए बैठक में आ गई। खत उसने अभी आधा भी नहीं पढ़ा था कि लगा, लॉन में अम्मी अकेली नहीं, और कोई भी है। बातचीत की आवाज काफी जोर से आने लगी। खत को उसने तह कर रख लिया। चप्पल पहन वह बाहर बरामदे में

आ गई। बरामदे की लाइट बन्द थी। चांद के उजाले में तालिया ने देखा, जावेद था। उसकी साइकल फूलों की क्यारियों के पास रखी थी। वह उल्टे पैर लोटने लगी कि अम्मी की आवाज आई, "तालिया!"

तालिया ठिठक गई। वह अब भी बरामदे में खड़ी थी।

"यहां आ जाओ तालिया, अकेली क्यों बैठी हो?"

वह पीछे से बरामदे की सीढ़ियां पार करके लॉन में आ गई।

"तो कल आप लोग चल रही हैं?" जावेद तालिया से पूछ रहा था। तालिया चुप रही।

"हां, चल रहे हैं, घूम आएंगे, वैसे भी तालिया बहुत बोर हो उठी है यहां।" अम्मी ने कहा।

तालिया ने ताड़ लिया कि जावेद अंधेरे से फायदा उठाकर उसकी छवि ले रहा है। उसके मन में खिझलाहट-सी भरने लगी। जावेद साइकल की चाबी को उंगली पर घुमा रहा था।

जावेद के जाने के बाद तालिया चुपचाप बैठक में आकर दुबारा खत पढ़ने लगी, पर उसे बार-बार जावेद का वही चेहरा अपनी तरफ देखता हुआ-सा लगा। उसके मन में ढेर सारी ऊब और असंतोष भर गया। उसका मन गंगऊ जाने का बिलकुल नहीं हो रहा था। उसने मन-ही-मन निश्चय किया, यदि जमीला जाने को तैयार हुई तो वह जाएगी, वरना नहीं।

दूसरे दिन जल्दी से वह नाश्ता करके जमीला के घर की तरफ गई। जमीला का घर पीछे वाली गली में था। गली बहुत संकरी और खासी गन्दी थी। हमेशा कीचड़ भरा रहता था और उसमें रिरियाते सूअर के बच्चे अजीब लगते थे। उसे ताज्जुब होता है, ऊपर से साफ-सुथरा दिखने वाला छतरपुर असल में कितना घिनौना है। गलियां संकरी और गन्दी, आड़ी-टेढी होकर एक-दूसरे को बड़े भद्दे ढंग से काटकर यहां-वहां डूब जाने वाली।

जमीला के घर के सामने ही शहतूत का बड़ा-सा पेड़ था, और सामने किसी पुरानी हवेली का खंडहर सोया पड़ा था। शहतूत के पेड़ के नीचे जमीला का छोटा भाई खेल रहा था।

"जमीला है?"

"हां," और वह वहीं से ऊपर खिड़की की तरफ मुंह करके चीखा "बाजी, तालिया बाजी आई है।"

खिड़की से जमीला झांकी, "आ न, तालिया!"

तालिया दरवाजे में घुसी। बच्चा फिर खेल में लग गया था, जैसे उसने अपनी सारी ड्यूटी निभा दी हो। दरवाजे से लगा एक गलियारा था, और वहीं से सीढ़ियां ऊपर जाती थीं, जहां जमीला वगैरह रहते थे। सीढ़ी से लगे दो कमरों में कोई किरायेदार थे शायद।

तालिया ऊपर चढ़कर आई तो देखा, जमीला नींद से अलसाई बैठी है।

"अरे, अभी सोकर उठी है?"

"हां, कितने प्यारे सपने देख रही थी।"

"खट्टे थे या मीठे?"

"खट्टेमिट्ठे थे।" दोनों हंस पड़ी।

तालिया कुर्सी पर बैठ गई, "देख जमीला, आज गंगऊ का प्रोग्राम बना है—तुझे भी साथ चलना होगा, गाड़ी तीन बजे जाती है।"

"बाप रे, गंगऊ! भई, पानी से तो मुझे यों ही डर लगता है।"

"देख, नखरे न कर, तीन-चार दिन रहना भी है, क्योंकि वह जावेद हैं न, शायद शिकार खेलने वाले हैं।"

"सच, तालिया? बन्दूक से तो मुझे और भी डर लगता है। एक बार मेरे सामने किसीने कौआ मारा था तो डर के मारे मुझे बुखार आ गया था।"

"ओफ्फोह, तू जाकर खाला से पूछेगी या यहीं नखरे दिखाती रहेगी?"

जमीला उठी और अन्दर गई। थोड़ी ही देर में लौट आई।

"होना क्या था, वही हुआ न, ज़िसका मुझे डर था।"

"क्यों, क्या बोलीं?" तालिया का दिल धक से रह गया, अगर जमीला नहीं गई लो?

"अरे, बोलना क्या था। बोलीं—जा।"

तालिया ने चैन की सांस ली, "ओफ्फोह! तूने तो डरा ही दिया था। जा, जल्दी से कपड़े बैग में रख ले।"

"गाड़ी तो तीन बजे जाती है, फिर ?"

"नहीं, तुझे मैं अभी साथ ले जाऊंगी, तेरा क्या भरोसा, आए ही न।"

जमीला अन्दर चली गई। तालिया वहीं बैठी खिड़की से बाहर देखती रही। जाने क्यों तालिया का दिल डूब-सा रहा था, पुराना दर्द शायद फिर जाग रहा था। सामने दीवार पर एक बच्चे का कैलेण्डर टंगा था। बच्चा बहुत सुन्दर था। पाउडर का डिब्बा पकड़े था। वह देर तक उसे देखती रही और शमीम और अपने बारे में सोचती रही। उसके आंसू झलक आए! उसे खयाल ही नहीं था कि वह किसी और के घर बैठी है।

"तालिया!" जमीला ने उसके कन्धे पर हाथ रखा जो बड़ी देर से उसे रोते देख रही थी।

"रो रही हो, तालिया ?"

तालिया चौंक पड़ी, "नहीं जमीला, यंही कभी-कभी दिल भर आता है।" उसने अपनी झेंप को मुसकराहट में छिपाना चाहा।

"तालिया, अभी तो जिन्दगी पड़ी है, अभी से टूटोगी तो···"

"हां जमीला, मुझे यह जगह-जगह बैठकर अपनी मैयत पर नहीं रोना चाहिए। चलो, चलें।"

दोनों सीढ़ियां उतर गईं। रास्ते-भर दोनों चुप रहीं। दोनों एक ही बात सोच रही थीं। एक ही बात से दुःखी थीं। फिर भी कोई किसीसे नहीं बोल रहा था। एक ही दुःख से भारी दोनों चल रही थीं। दोनों जब घर पहुंची तो चौंक पड़ी। दोनों अपने-अपने खयाल में डूबी चली आई थीं। रास्ते का उन्हें जरा भी खयाल नहीं रहा था। अचानक सामने घर देखकर थोड़ा आश्चर्य हुआ।

"अरे जमीला, हमने रास्ते-भर बात ही नहीं की।"

"वही तो मैं सोच रही हूं।"

दोनों जब अन्दर गईं तो देखा, सारी तैयारी हो चुकी है। बेडिंग से लेकर छागल तक तैयार हो चुकी है। राशन-पेटी भी तैयार है।

"तालिया, जाओ, अपने कपड़े रख लो, और तैयार हो जाओ। जरा-से काम से कहीं जाओगी तो पहरों बिता दोगी।" अम्मी बोलीं। तालिया जल्दी से अपने कमरे में चली गई।

जमीला मम्मी का हाथ बंटाने लगी।

"खालाजान, बंसी भी जाएगा?"

"नहीं, बड़ी-बी का लड़का मोबीन जा रहा है। छोटा है पर सारा काम कर लेगा, खाना भी पका लेता है। अरे हां, जरा देखना जमीला, बड़ी-बी ने मछली के कबाब सेंक लिए?"

जमीला बावर्चीखाने में गई। बूढ़ी-सी ठिंगने कद की बड़ी-बी, पसीना-पसीना हो रही थी।

"लाओ बड़ी-बी, बाकी मैं सेंक लेती हूं।"

बड़ी-बी खिसियानी-सी हंसी हंस दी, "देखो तो बाई की बातें, हम बैठे रहेंगे और तुम काम करोगी?"

"तो क्या हुआ, उठो जल्दी, नहीं तो बस छूट जाएगी, टाइम नहीं है।" जमीला ने हड़बड़ाकर कहा तो बड़ी-बी उठ गई।

कबाब पूरे सिंक गए थे। जमीला उन्हें डिब्बे में रखने लगी कि तालिया की अम्मी आई, "अरे बेटी, तुम यह क्या कर रही हो, उधर तालिया दम खाए जा रही है।"

"जी खाला, बड़ी-बी से कबाब टूट रहे थे, तो मैं···"

"अरे, वह बड़ी कामचोर है, जानबूझकर बिगाड़ रही होगी ताकि कोई देखे तो बनाने लगे, यह तो आजकल की नौकरानियों के ढंग ही हैं। मई कहां है?"

"जी, मैंने एक काम से भेजा है। हां, आपने पानदान में तम्बाकू रख लिया, खालाजान?"

'सच, मैं तो भूल ही गई थी, अच्छी याद दिलाई, वरना वहां जंगल में तो मेरी आफत ही हो जाती।"

जमीला मुसकरा उठी। कमरे में आई तालिया गुलाबी शलवार-कुरते में बीर-बहूटी की तरह खिल रही थी। पर चेहरे पर परिचित उदासी छाई थी, वह काफी खीझी-खीझी-सी लग रही थी।

"तैयारी तो हो गई जमीला, पर जाने क्यों मेरा दिल जाने को राजी नहीं हो रहा है।"

"चलो, तुम्हारे लिए ही तो खालूजान गंगऊ का प्रोग्राम बनाए हैं, दूल्हे भाई ने तुम्हें कमरे में बन्द करने को ही नहीं छोड़ा है यहां।"

गेट के ठीक सामने एक पीले रंग की बस आकर खड़ी हुई। लाल अक्षरों में उसपर काफी कुछ लिखा हुआ था। जावेद अन्दर आकर जल्दी चलने के लिए कहने लगा। बंसी सामान बाहर ले जा रहा था। अम्मी पान का डिब्बा पकड़े पहले से बरामदे में खड़ी बस को देख रही थीं। जमीला बाथरूम में थी और तालिया जल्दी-जल्दी बैग की चेन खींच रही थी। दोनों जब बाहर आई तो बस के नीचे खड़ा बंसी ऊपर सामान दे रहा था। अम्मी पहले से बैठ चुकी थीं। बस के सामने जावेद पीली बुश्शर्ट और खाकी फुलपेंट पहने खड़ा था। धूप का चश्मा उसकी नाक पर चढ़ा था और कन्धे से थर्मस और कारतूसों का बैग लटक रहा था। दोनों बस के करीब गई। जमीला जावेद को आदाब करके पहले चढ़ गई। तालिया ने बहुत धीरे से आदाब किया और वह भी बस में बैठ गई। दोनों अन्दर की घुटन का रस लेने लगीं।

थोड़ी ही देर में बस चल पड़ी। दोनों ने चैन की सांस ली। बस शहर को पीछे छोड़ती जा रही थी। कॉलेज, कतार से बने बंगले, सब पीछे छूटते जा रहे थे। और अब खेत दीखने लगे थे। सड़क के दोनों किनारों पर जामुन के ऊंचे-ऊंचे पेड़ थे जिनमें गुच्छे के गुच्छे जामुन लदी थीं। तालिया ने इतनी ढेर सारी लदी जामुन कभी नहीं देखी थीं। सहसा वह सारी बातें भूल गई। उसके अंदर की चंचल लड़की जी उटी, जो जामुन देख ललचा गई थी। तालिया जमीला का कन्धा पकड़कर जामुन दिखाती हुई बोली, "हाय रे, देख तो कितनी जामुन लदी हैं!"

"जी, आप जामुन खाएंगी?" जावेद ने पूछा।

तालिया जैसे आसमान से गिरी। उसका चेहरा फक हो गया। उसे अपने आसपास का भान हुआ।

तालिया ने कोई उत्तर नहीं दिया। उसे अपने बचपने पर क्रोध हो रहा था—ओह! उसमें सब्र नाम की कोई चीज ही नहीं है।

बस अपनी रफ्तार से जा रही थी। पेट्रोल की महक से उसका सिर चकरा रहा था। अम्मी पान के डिब्बे से पान निकालकर खा रही थीं। सारे यात्री ऊंघ रहे थे। कहीं बस रुकती तो सब चौंककर बाहर देखते, फिर ऊंघने लगते। जमीला खिड़की से टिकी सो रही थी। जावेद क्या कर रहा था, उसकी हिम्मत नहीं पड़ रही थी देखने की।

उसका मन एक अजीब उदासी से भरने लगा। वह उचटी दृष्टि से बस के बाहर देखती बैठी रही।

सोचते-सोचते व्याकुलता उसके अंग-अंग में भरने लगी। उसकी समझ में नहीं आया, क्या करे। उसे लगा, जैसे वातावरण बहुत भारी हो गया है। जी चाहने लगा था कि बस रुके और वह थोड़ा बाहर खुली हवा में लम्बी-लम्बी सांस ले ले।

उसने बेचैन होकर नजरों को बाहर दूर तक फैला दिया। दूर तक फैले घने, हरे-हरे जंगल मुंह ऊंचा किए खड़े थे। दूर, बहुत दूर पेड़ों के पीछे हरी झाड़ियों से ढंकी पहाड़ी झांक रही थी। कच्चे हरे रंग की ओढ़नी पहने खेत घूम-घूमकर नाच रहे थे। आसमान में बगुलों का एक झुंड जा रहा था। सागौन के पेड़ पर एक टिटहरी जोर-जोर से टिटिया रही थी।

बस अब पहाड़ी और जंगली रास्तों से गुजर रही थी। धक्के बहुत लग रहे थे। शाम ढल रही थी। रास्ता बहुत कच्चा था। सड़क बहुत घुमावदार थी। जंगल में बसे छोटे-छोटे गांव थे। बस के लगभग सारे मुसाफिर उतर गए थे, सिर्फ दो-चार पलकोंहा के बचे थे। बस अब जंगल के बीचोबीच थी। विन्ध्याचल के किनारे का जंगल इतना भयानक होता होगा, तालिया ने सोचा भी नहीं था। सड़क के किनारे-किनारे मोर पंख फैलाए बस को घूर रहे थे। तालिया मोर देखकर प्रसन्न हो उठी और जमीला को उठा लिया जो अब ऊंघ रही थी।

पहाड़ियों से घिरी शाम काफी मादक हो उठी थी। जंगल जंगली पक्षियों के शोर से गूंज उठा था। वन के किसी पेड़ से किसी पंडुकी का शोर रह-रहकर आ रहा था। मादक शाम में ठंडी-ठंडी हवा से ठिठुरते पेड़-पौधे हल्की-हल्की सिसकारी भर रहे थे।

"ओह, कितना अच्छा लग रहा है!" तालिया ने कहा। उसका चेहरा वन-सौंदर्य को देख खिल उठा था। वह हर बार; जब मोर दीखता, खिड़की से सिर निकाल उसे चचकारती और जब बस आगे बढ़ जाती तो सिर घुमाए दूर तक उसे देखती रहती।

बस आगे बढ़ती जा रही थी। शाम शान्ति से धीरे-धीरे पहाड़ों के पीछे डूब रही थी। शाम को खोजता चंचल चांद आसमान पर दौड़ा हुआ आ रहा था। जंगल का शोर और भी बढ़ गया था।

बस जंगल का रास्ता छोड़कर बाईं ओर वाली डामर रोड पर मुड़ गई। दो घुमावों के बाद बस डाक-बंगले के सामने जा खड़ी हुई। तालिया और जमीला जल्दी से उतर गए। मोबीन सामान उतार रहा था। और जावेद डाक-बंगले के चौकीदार को बुलाने चला गया था। तालिया ने चारों तरफ घूमकर देखा। ठंडी हवा का स्पर्श उसे सिहरा गया, ऊंची पहाड़ी पर बना डाक-बंगला और नीचे, बहुत नीचे विन्ध्या की बांहों का सहारा लिए बहता केन का पानी बड़ा भला लग रहा था। डाक-बंगले की दाहिनी तरफ एक लौटती हुई पगडंडी से उतरने पर गंगऊ डैम बना था और वहीं पास में चौकीदारों और दूसरे कर्मचारियों के झोंपड़े बने थे

विन्ध्याचल दूर तक बढ़ता चला गया था। चारों तरफ से जोर-जोर से मोरों के चिल्लाने की आवाजें आ रही थीं।

"आइए, डाक-बंगला खुल गया है।" जावेद ने आकर कहा।

"जी, अभी चलते हैं।" कहकर तालिया फिर डाक-बंगले की रेलिंग पकड़े नीचे पहाड़ी सौन्दर्य निहारती रही। बस सामान उतारकर पलकोंहा चली गई थी। अम्मी डाक-बंगले में पहले ही चली गई थीं।

"आपको यहां अच्छा लगा न ?"

तालिया ये फिर जैसे चौंककर देखा। आसपास सिवा जावेद के कोई नहीं था। जमीला भी जाने कब चली गई थी। जावेद उसीके पास रेलिंग पकड़े खड़ा था। गूलर के पेड़ पर टिटहरी जोर से टिटियायी। तालिया सहम गई। जावेद हंस पड़ा।

"आप शिकार पर चलेंगी?"

"जी हां, मुझे तो देखने का काफी शौक है, पर कभी इत्तिफाक नहीं हुआ।"

अंधेरा गहरा गया था। अंधेरे में जावेद तालिया को देखता खड़ा रहा। तालिया चुपचाप नीचे सिर किए केन को देख रही थी, पर वह भीतर, बहुत भीतर कहीं अस्त-व्यस्त हो उठी थी।

"तालिया, आओ, फ्रेश हो लो।" जमीला डाक-बंगले के बरामदे से चिल्लाई।

दोनों चुप रहे। फिर तालिया चुपचाप जमीला की तरफ बढ़ गई।

जावेद जाती हुई तालिया को देखता रहा, ऊंचे कद की, इकहरे बदन वाली संगमरमर की तरह सफेद और तराशा हुआ रूप, जिसपर आंखें फिसल जाएं। लम्बे और घने बालों की दो चोटियां कमर तक लटक रही थीं। बड़ी-बड़ी गहरी उदास आंखें। ओह, ये आंखें कैसी हैं। इन आंखों में इतनी बेचनी और उदासी क्यों है? पतले-पतले दो होंठ, लगता है, ये एक अरसे से हंसे नहीं, पर क्यों? खुदा सारी चीजें देकर क्या मुसकराहट देना भूल गया? कितनी प्यारी मूरत है!

जावेद अंधेरे में रेलिंग से टिका रहा, फिर अन्दर चला गया।

तालिया और जमीला आतिशदान के पास बैठी थीं। आतिशदान में लकड़ियां जल रही थीं, और मोबीन पतीली में चाय का पानी उबाल रहा था। जमीला जूड़े की पिन निकाल रही थी और तालिया चुपचाप हथेली पर ठोढ़ी टिकाए जलती लकड़ियां देख रही थी।

"अरे, आप लोगों ने मुंह-हाथ नहीं धोया?" जावेद ने थर्मस उतारकर डाइनिग टेबल पर रख दिया।

"खालाजान धो रही हैं, इतना पानी जो नहीं है।" जमीला ने कहा।

"अरे! शम्भू! ऐ शम्भू!" जावेद ने पुकारा। चौकीदार आ गया।

"पानी नहीं है यहां?"

"जी, वह लड़का लेने गया है, इतनी ऊंचाई पर पानी चढ़ाते-चढ़ाते भी तो आधा घंटा लग जाता है।"

बालों को दुबारा लपेटकर जमीला चहकी, "क्यों न हम लोग नीचे चलकर मुंह-हाथ धोएं, क्यों भाईजान?"

तालिया ने आश्चर्य से जमीला को पूरा। उसे उसका इस तरह रिश्ता जोड़ना अच्छा नहीं लगा।

"हां, और क्या, हम लोग यहां बैठने थोड़े ही आए हैं।" जावेद ने सहारा दिया।

"मगर इतनी रात को वहां जाना ठीक रहेगा?" तालिया ने बात को टालना चाहा।

"क्यों, चांदनी रात है, फिर शायद वहां दो-एक खरगोश भी मिल जाएं, रात के खाने का इन्तजाम भी हो जाएगा।"

"हां, तालिया, और क्या, बस एक-एक कप चाय पी लें, खाना बनने तक लौट आएंगे।"

मोबीन चाय बनाकर टेबल पर रख गया था। तालिया चुपचाप उठकर चाय बनाने लगी। अम्मी भी लौट आई थीं। जावेद लम्बी कुर्सी पर अधलेटा-सा तालिया को चाय बनाते देख रहा था। जमीला सूटकेस से तोलिया, साबुन निकाल रही थी।

अम्मा उन लोगों का प्रोग्राम सुनकर खुश हुई। "हां, पर खरगोश मारकर जरूर लाना।"

चाय खत्म करके वे तीनों ढलान की तरफ वाली पगडंडी पर चलने लगे। रास्ते में एक आदमी कांवर में पानी लाता हुआ मिला। वह एक हाथ में लकड़ी पकड़े टेक-टेककर चढ़ाई चढ़ रहा था।

"कितनी देर बाद पानी ला रहा है, हम लोग नीचे जा रहे हैं।"

"क्या करूं मालिक, चढ़ाई बहुत है।"

"मैं रुक जाती हूं जमीला, पानी आ गया है," जाने क्यों तालिया को जावेद के साथ इस तरह जाना अच्छा नहीं लग रहा था।

जावेद चलते-चलते रुक गया। देर तक चुपचाप उसे देखता रहा, फिर बोला, "क्या आपको मेरे साथ चलने में

एतराज है ?"

"जी..'यह बात नहीं, दरअसल मैं बहुत थक गई हूं।"

"नीचे चलिए, सारी थकान उतर जाएगी," जावेद आगे बढ़ने लगा। जमीला पीछे रुककर धीरे से उसकी तरफ मुंह करके बुदबुदाई, "पगली कहीं की !"

तालिया दोनों के पीछे चुपचाप चलने लगी। जावेद के कन्धे पर बन्दूक थी और वह तेजी से उतर रहा था। जमीला रास्ते में चुहल करती चल रही थी, कभी-कभी वह कोई पत्थर उठा लेती और झाड़ियों में मारने लगती।

तालिया विन्ध्या के पहाड़ों को अंधेरे में खोजती चल रही थी। जंगल में अब भी कहीं शोर उठता, फिर निस्तब्धता छा जाती। दूर विन्ध्या के किनारे मोर चिल्ला रहे थे। हरी दूब में जंगली खरगोशों की आंखें चमक रही थीं। किसी झुरमुट से एक मैना ने किलकारी भरी। तालिया को बहुत अच्छा लगा। वह सब भूल वहीं पत्थर पर बैठ गई और चारों ओर आंखें फाड़-फाड़कर देखने लगी। ठंडी-ठंडी हवा चल रही थी, लम्बे-लम्बे पेड़ों से कई जोड़ी आंखें चमक उठतीं तो तालिया सिहर जाती —जाने कौन-सा जानवर होगा।

पूरा चांद पहाड़ के ऊपर टंगा था। चांदनी में सब साफ दीख रहा था। चांदनी इतनी साफ थी कि पगडंडी पर पड़े कंकड़-पत्थर तक दीख रहे थे। उसने मुड़कर पीछे देखा, पहाड़ी पर बने डाक-बंगले की छाया बहुत अच्छी लग रही थी।

"अरे, आप कहां रह गईं ?"

तालिया सहमकर चौंक गई। थोड़ी दूर पर जावेद खड़ा था।

"तो आपको मेरा आना अच्छा नहीं लगा ?"

"नहीं तो? मैं तो मोर की आवाज सुनने बैठ गई थी।" तालिया ने अपने को वन-सौंदर्य से झटककर अलग करना चाहा।

"चलिए, फिर लौटने में देरी हो जाएगी।"।

तालिया चुपचाप जावेद के पीछे चलने लगी। अब करीब-करीब ढलान खत्म हो गई थी और बांध साफ दीखने लगा था। आसपास बने झोंपड़ों में दीया और आग जल रही थी। तालिया

ने देखा, जमीला एक चबूतरे पर बैठी थी। दोनों जब जमीला के पास गए तो जमीला चिल्ला उठी, "बस इसकी यह चुप्पी और लोगों से कटकर भागना ही तो बुरा लगता है। पागल हो गई है क्या, तालिया ?"

तालिया ने कुछ नहीं कहा। जावेद भी चुपचाप बांध की सीढ़ियां उतरने लगा। वे दोनों भी उतरने लगीं। .

दोनों जब वहां गईं तो जावेद नीचे वाली सीढ़ी पर, जो पूरी घुटनों तक पानी में डूबी थी, खड़ा मुंह धो रहा था।

दोनों ऊपर की सीढ़ियों पर खड़ी हो गई।

"यहां आइए," जावेद ने मुंह उठाकर कहा और अचानक तालिया को लगा, जावेद बहुत सुन्दर है। उसका गोरा रंग और युवा शरीर चांदनी से ताजगी पा मुसकरा रहा था।

"नहीं, मैं नहीं आऊंगी," तालिया वहीं खड़ी रही। जमीला नीचे जावेद के पास चली गई थी। तालिया बांध को देख रही थी। चांद भी शायद बांध को ही देख रहा था, धुंधलके में कुछ ठीक से पता नहीं चलता था।

"आ, नहीं तो भिगो दूंगी," जमीला ने धमकाया पर तालिया वैसे ही खड़ी रही। जमीला ने जाने क्या धीरे से जावेद को कहा और दोनों उसपर पानी फेंकने लगे। तालिया पहले तो घबरा गई, फिर वह ऊपर भागने लगी।

जमीला चिल्लाई, "भाईजान, उसे पकड़ो! जाने कहां चली जाएगी।"

जावेद पानी से निकलकर तालिया के पीछे दौड़ा, अब भी उसकी फुलपैंट ऊपर चढ़ी थी। तालिया जावेद को अपनी तरफ आता देख, पत्थर पर बैठ गई और घुटनों में सिर छुपा लिया। जावेद पास आकर अचकचाहट में खड़ा हो गया।

"नहीं-नहीं, मुझे डर लगता है। जाने खुदा मुझे और किस चीज की सजा देना चाहता है।"

"मगर आप डर किसलिए रही हैं? बेकार वहम पाल रही हैं। आइए, चलिए।"

जमीला भी आ गई। पहले तो वह उसे चुपचाप देखती रही, फिर उसका हाथ पकड़ घसीटने लगी।

तालिया अब संभल गई थी। जमीला और जावेद दुबारा

पानी में खड़े थे और उसे हंसाने की कोशिश कर रहे थे। तालिया की चुप्पी से जमीला ऊबने लगी थी और जोर-जोर से तालिया पर पानी फेंक रही थी। तालिया अब स्वस्थ होकर हंसने लगी। वह भी नीचे उतर गई और जमीला पर पानी फेंकने लगी। जमीला भागने लगी। तालिया ने भी उसके पीछे भागने के लिए पैर उठाए कि जाने क्या हुआ, जावेद ने तालिया की कलाई पकड़ ली। जैसे एक धमाका-सा हुआ हो, और वह चकराकर डोल गई। पानी में गिरने ही वाली थी कि जावेद ने उसे अपनी बांहों में थाम लिया। तालिया को जैसे होश ही न रह गया था। वह जावेद के सीने से लगी कांपती खड़ी थी। जावेद ने बहुत धीमे से उसके कान के पास मुंह ले जाकर पुकारा, "तालिया!"

तालिय। चौंकी। अपने को जावेद से अलग करते हुए वह सिहर-सी गई। उसे लगा, वह युगों से बेहोश थी। लगा, एक युग बीत गया। उसका दिल जोर-जोर से धड़कने लगा, खून तेज रफ्तार से दौड़ रहा था। जावेद ऊपर सीढ़ी पर बैठा अब भी उसे देख रहा था। जमीला आती दीखी।

"कहां चली गई थी?"

"दुपट्टा ऊपर सुखा रही थी, सारे कपड़े तो तुमने भिगो दिए।"

"हां, मैंने भिगोए हैं या तूने मेरे सारे कपड़े भिगो दिए हैं। चलो, चलें। सर्दी लग जाएगी।"

"खरगोश का भी तो शिकार करना है न," जावेद ने तालिया से कहा। तालिया जमीला को सम्बोधित कर बोली, "नहीं जमीला, अब चलो। मैं थक गई हूं, वरना मैं अकेली चली जाऊंगी।"

तालिया बिना उत्तर की प्रतीक्षा किए चढ़ाई चढ़ने लगी। पीछे जमीला और सबसे पीछे जावेद आ रहा था। तालिया अब भी सिहर रही थी। दूर किसी वन मुर्गे के बोलने की आवाज आई। झाड़ियों में जुगनू चमक रहे थे। तालिया की आंखों में आंसू आ गए-या अल्लाह, यह क्या हो रहा है? तू मुझे किस किनारे ले जा रहा है? दिल क्यों उसकी तरफ फिसला जा रहा है? इस सबका अन्त क्या होगा?

डाक-बंगला पास आ रहा था, पर उसका मन वहां जाने का नहीं हो रहा था। चढ़ाई चढ़ते-चढ़ते वह हांफ रही थी।

"ठहर न तालिया, ऐ तालिया!" जमीला पुकार रही थी, पर वह बढ़ती जा रही थी, जैसे वह कुछ सुन ही न रही हो।

रात काफी बीत गई थी। चारों तरफ अंधरा था। डैम से गिरते पानी की आवाज और झींगुरों की आवाजें आ रही थीं। अम्मी अब भी दालान में बैठी थीं। मोबीन रसोई में घुसा शायद खाना खा रहा था। जमीला जावेद के साथ रेलिंग के पास सर्च-लाइट से नीचे खरगोशों को देख रही थी। चौकीदार हाथ में बैटरी पकड़े उन लोगों के पीछे चल रहा था। जावेद अपनी बन्दूक लिए शिकार की आहट में था।

सर्चलाइट का सीधा उजाला नीचे, बहुत नीचे तक जा रहा था। तालिया बरामदे में और कमरे के बीच बनी खिड़की पर, जिसमें सलाखें नहीं थी, बैठी उन लोगों को देख रही थी। बरामदे की दाहिनी तरफ स्टैण्ड पर घड़े रखे थे। चौकीदार का लड़का अन्दर कमरे में बिस्तर लगा रहा था।

चांद किसी बदली के पीछे कुछ देर के लिए छुप गया था। फिर भी तालिया की तेज आंखें नीचे केन और उसके किनारे की रेत को साफ देख पा रही थीं। चारों तरफ भयानकता छाई थी। सर्चलाइट बंगले के चारों तरफ घूम रही थी। अम्मी बरामदे में बैठी इस सबका आनन्द ले रही थीं।

तालिया काफी देर तक वहां बैठी रही, फिर उठकर अन्दर कमरे में आ गई। मोबीन भी कमरे में ही था। बायें कमरे में सिर्फ दो पलंग थे।

"क्यों, और पलंग नहीं हैं?" उसने लड़के से पूछा।

"जी नहीं।"

"अच्छा तो देखो मोबीन, अम्मी और जावेद साहब का बिस्तर पलंग पर लगा दो और मेरा और जमीला का बिस्तर इस कमरे में दरी पर लगा दो।"

"बस, आज की तकलीफ है, कल नीचे के गांव से खाटें आ जाएंगी।"

तालिया ने कुछ नहीं कहा, वह ड्रेसिंग टेबल के पास बैठ गई

जहां लैम्प जल रहा था। लाइट की कमी उसे बुरी तरह खल रही थी। ड्रेसिंग टेबल पर फिल्म फेयर पड़ा था। उसने उठा लिया। फिल्म-फेयर शायद जावेद का था। लैम्प की रोशनी बहुत मन्दी थी। कमरे की सारी खूबसूरती अंधेरे में डूबी थी। छत पर हाथ से खींचने का बड़ा-सा पंखा लगा था, जिसकी झालर का लाल रंग अब उड़ गया था।

मोबीन ने उसका बिस्तर ठीक कर दिया। वह देर तक फिल्म-फेयर के पन्ने पलटती रही। बाहर एक फायर हुआ। बाहर काफी हलचल थी। शायद जावेद ने कोई जानवर मारा था।

तालिया ने फिल्म-फेयर रख दिया। उसकी इच्छा हुई बाहर जाकर देखे, पर फिर जाने क्या हुआ, वह अपने बिस्तर पर लेट गई। लैम्प की रोशनी में उसे नींद नहीं आ रही थी। वह अंधेरे में रोशनदान की खिड़की के शीशे को देखती रही, जहां किसी चिड़िया का घोंसला बना था।

रात को उसे किसीने जगा दिया। वह चौंक उठी, सामने जावेद था।

"जी, आप पलंग पर सो जाइए।"

"जी नहीं, मैं यहीं ठीक हूं," तालिया ने घबराकर जमीला को देखा जो जाने कब आकर सो गई थी। चारों तरफ सन्नाटा था।

"आप जाइए, मैं यहीं सोऊंगी," तालिया ने बहुत धीरे और अनुरोध-भरे शब्दों में कहा।

"मुझे अच्छा नहीं लग रहा, आपको नीचे सोते देख मुझे नींद नहीं आ रही।"

"जाइए," तालिया ने खीझकर कहा और खुद दीवार से सिमट गई। जावेद उठकर चला गया, और अपने पलंग पर बैठा उसे अंधेरे में देखता रहा। तालिया सहमी और कुछ-कुछ टूटी हुई-सी फिर लेट गई। उसे लगा, वह बुरी तरह जावेद की तरफ खिची जा रही है। वह जितना अपने को दूर करती, उतना ही उसे लगता, वह उसके सामने टूटकर गिर पड़ेगी।

अंधेरे में वह जावेद को देखती रही, जो अब भी पलंग पर बैठा था। अम्मी के खर्राटे और झींगुरों की आवाज बराबर आ रही थी।

मोर के चिल्लाने और चिड़ियों के शोर से तालिया की नींद टूट गई। कमरे में थोड़ा-थोड़ा उजाला आ गया था। सारे लोग अब भी सो रहे थे। तालिया धीरे से दरवाजा खोलकर बरामदे में आ गई। बरामदे में मोबीन और चौकीदार सोए थे। सुबह का उजाला फैल रहा था। ठंडी हवा चल रही थी। चारों तरफ कोहरे से ढंकी पहाड़ियां दीख रही थीं। ठंडी, अछूती कन्या-सी हवा सिहर रही थी। रंग-बिरंगी जंगली चिड़ियों का झुण्ड पेड़ों पर चहक रहा था। वन-तोतों और बगुलों का झुण्ड केन के ऊपर से जा रहा था जिनकी परछाई केन के पानी में साफ दीख रही थी।

तालिया लॉन की सीढ़ियां उतरकर बांध की तरफ बढ़ने लगी। प्राकृतिक सौंदर्य ने उसे इतना बांध लिया था कि वह आश्चर्य से चारों तरफ देखती बढ़ रही थी। बुन्देलखण्ड का सौंदर्य उसने कॉलेज में बिहारी की कविता में पढ़ा था, पर साक्षात्कार वह पहली बार कर रही थी।

एक चट्टान के नीचे मोरों का एक झुण्ड नाव रहा था, वहीं पास के झुरमुट में सेई अपने रंगीन कांटों वाले पंखों को फैलाए जंगली खरगोश की तरह गुर्राकर देख रही थी। वह आगे पग-डंडी से नीचे उतरती गई। गुलमोहर की डाल के नीचे से उसने कई जंगली खरगोशों को भागते देखा। तालिया का मन प्रसन्नता से चहक रहा था। वह गुलमोहर की डाल पकड़े मोर को नाचते देख रही थी कि एकाएक उसने सिर को झटककर नीचे देखा, तो उसकी आंखों में सुखद आश्चर्य फैल गया, "अरे, यह तो मूंगे हैं!"

उसने देखा, गुलमोहर के पेड़ से मूंगे की बेल लिपटी थी, और उसमें मटर की फली के बराबर फलियां लगी थीं। उसने हाथ बढ़ाकर एक फली तोड़ ली, उसे छीला तो उसमें से कच्चे मूंगे निकल पड़े।

तालिया वहीं जमीन पर बैठ गई और सूखी टहनियों को हटाकर मूंगे चुनने लगी, जो वहां ढेर-के-ढेर बिखरे थे।

"कहिए, सुबह-सुबह क्या चुन रही हैं आप?"

तालिया चौंककर पलटी तो देखा, जावेद कमर पर हाथ रखे खड़ा मुसकरा रहा था।

तालिया निस्संकोच बोल उठी, "ये मुंगे हैं। देखिए न,

कितनी अजीब बात है, इन मोती जैसे मूंगों की भी बेल होती है।" तालिया दुपट्टे में से निकाल कर मूंगे दिखाने लगी। मन की प्रसन्नता उसके चेहरे पर झलक रही थी।

"अरे, सच ! इसकी बेल होती है ?"

"हां, देखिए न, यह बेल है," तालिया ने गुलमोहर से लिपटी बेल को दिखाया। जावेद भी आश्चर्य का अभिनय कर रहा था।

लीजिए, मैं यहां सैकड़ों बार आया हूं, पर इधर कभी ध्यान ही नहीं दिया। तो आप सुबह से यहीं हैं ?"

"और देखिए, इसकी माला भी बनती है। गांव की औरतें तो पहनती ही हैं, आजकल शहरों में भी इसकी कम मांग नहीं है।"

तालिया के स्वर में गर्व था कि उसने इतनी खूबसूरत खोज की है।

जावेद भी जमीन पर बैठकर मूंगे चुनने लगा। मूंगे चुन-चुनकर वह तालिया को देता जा रहा था। तालिया बहुत प्रसन्न थी।

"कितने प्यारे मूंगे हैं !"

"ऊंहूं !"

"क्यों ?"

"आपसे कम !"

"हाय अल्लाह !" तालिया ने शरमाकर घुटनों में मुंह छुपा लिया।

"कहिए जनाब, आप हजरत कोन-सी मिलाद पढ़ रहे हैं ?"

दोनों हड़बड़ा गए। जमीला सामने खड़ी थी। तालिया उसके पास दौड़ी और दुपट्टे के मूंगे दिखाती बोली, "देख जमीला, यहां मूंगों की बेल है।"

"और आप दोनों ने मिलकर इसे खोजा ?"

"नहीं तो, मैं·· मैं तो अकेली आई थी। मोर का नाच देख रही थी यहां खड़े होकर कि मेरे ऊपर यह मूंगा गिरा, मैंने चौंककर···"

"···देखा तो मूंगे के साथ भाईजान भी पेड़ से टपके और तूने दोनों को उठाकर दुपट्टे में रख लिया !" जमीला ने

तालिया का वाक्य पूरा कर दिया।

"जमीला, तू तो हद करती है, यह तो बाद में आए हैं," तालिया, घबरा गई थी।

"अरे, आप मुझे साथ ही तो उठाकर लाई हैं," जावेद ने शरारत से कहा।

तालिया गुस्से से भुनभुनाती हुई डैम की तरफ बढ़ गई। पीछे से दोनों की हसी ने उसे और कुढ़ा दिया। वह दौड़ने-सी लगी। ढलान काफी उतार पर और ऊबड़-खाबड़ था। पर तालिया दौड़ती गई।

डैम का पानी एक बहुत ऊंची दीवार पर से गिरता था। ऊपर से पानी गिरता था और एक सुरंग से इस किनारे से उस किनारे जाता था। सुरंग में काफी झरोखे बने थे। गैलरी टाइप की इस सुरंग में बीच-बीच में सीढ़ियां थीं, जो ऊपर ले जाती थीं और वहां बैठकर बहुत सुविधा से पानी की छटा देखी जा सकती थी। चारों तरफ लोहे की रेलिंग लगी थी। बैठने के लिए दो सीमेंट की बेंचें थीं, डैम के शुरू और अन्त में बरसाती बनी थीं। बरसात से बचने के लिए इनमें रुका जा सकता था। सुरंग के अन्दर चलने से लगता था, जैसे अपने ऊपर से पानी बहा जा रहा हो। वैसे केन नदी का बहाव काफी शान्त है, पर यहां आकर खूब तेज हो जाता है।

तालिया गैलरी से होती हुई बेंच के पास आ गई और बांध के पानी को देखने लगी। बांध का पानी बहुत तेज होकर बह रहा था। इतनी तेज कि देखने से डर लगता था। उसे लगा, धारा बांध की बांहों से छूटने के लिए छटपटा रही है। बांध के दाहिनी किनारे दो नावें बंधी थी। दोनों बहाव के दबाव से कांप रही थीं।

किसीके पैरों की आवाज से उसने मुड़कर देखा, जमीला और जावेद थे।

"क्या देख रही है, तालिया ?" जमीला ने पूछा।

"मैं इस गुस्से से पछाड़ खाते पानी की भंवर देख रही थी। और वह देख जमीला, कोहरे के चादर में लिपटी पहाड़ी, आसमान पर फैलती लाली, दूर तक हरे-भरे जंगल और उनके बीच सफेद बारीक तरेड़-सी पगडंडी, जैसे किसी दबाव से कोई

फल चटख गया हो।"

"अरे, आज तो कविता हो रही है!"

"नहीं जमीला, इसमें कविता क्या है, मुझे भी यह सब बहुत अच्छा लगता है। खासतौर से यह जगह मुझे बहुत पसन्द है। जब शहर से जी ऊब जाता है तो इन्हीं घाटियों में आ जाता हूं। उस वक्त मैं अकेला नहीं होता, कुदरत का चितेरा जैसे मेरे साथ होता है। वह नये-नये चित्र आसमान के केनवास पर बनाता है और मैं हैरत से उन रंगों में डूबता-उतराता हूं।"

तालिया मोहित-सी जावेद को देखने लगी। उसे ताज्जुब हुआ कि मर्द लोग भी क्या ऐसी बातें सोचते हैं। जावेद के सोचने के ढंग में और उसके अपने सोचने के ढंग में कितनी समानता है! जावेद उदास-सा पहाड़ी की तरफ देख रहा था। उसके बालों की लट माथे पर कांप रही थी। जावेद ने पट्टे वाला नाइट-पाजामा पहन रखा था। तालिया ने पहली बार महसूस किया, जावेद वाकई सुन्दर है, बहुत सुन्दर!

"चलिए, नीचे उतरकर गैलरी से दूसरे किनारे जाएं।"

जमीला चहकती हुई चल रही थी। गैलरी सीधे होकर नहीं गई थी। बीच-बीच में वह इतनी मुड़ जाती कि इस तरफ कौन है उधर से पता ही नहीं चलता। जमीला दौड़ने लगी। जावेद भी दौड़ने लगा। तालिया चुपचाप झरोखों से नीचे गिरता पानी देखते हुए चल रही थी। जमीला शायद बहुत आगे बढ़ गई थी।

एक झरोखे से उसने देखा, अम्मी और मोबीन भी इधर ही आ रहे हैं। जावेद उसके एकदम साथ हो गया था।

"आप इतना उदास क्यों रहती हैं?"

"नहीं तो," तालिया ने दूसरी तरफ देखते हुए कहा।

जावेद ने पास आकर तालिया की उंगलियां सकोर लीं। तालिया की सारी नसें झनझना उठीं।

तालिया ने हाथ खींच लिया और जमीला की तरफ दौड़ पड़ी।

मोबीन और अम्मी बांध के पास आ गए थे। मोबीन उन लोगों को पुकार रहा था। जमीला लौटती हुई दिखी।

"अरे, तू इतनी जल्दी लौट आई?"

"अम्मी पुकार रही हैं।"

"मगर तालिया ने तो अभी उस तरफ का किनारा नहीं देखा!" जावेद ने कहा।

"नहीं, फिर देख लेंगे, लौट चलें, चाय भी तो पीनी है।"

"नहीं, अभी चलिए," जावेद ने जिद से कहा। तालिया को उसके साथ जाना पड़ा, जमीला लौट गई।

"छीः उसने क्या सोचा होगा!"

"कुछ नहीं होगा," जावेद ने फिर तालिया का हाथ पकड़-कर दबाया। तालिया शर्म से लाल हो गई। दोनों आगे बढ़ने लगे। जावेद ने तालिया को अपनी तरफ खींचा, तालिया उसकी छाती से जा टकराई। उसके हाथ-पैर जवाब देने लगे थे। जावेद ने तालिया का मुंह अपनी तरफ किया।

"तालिया," जावेद का स्वर स्नेह से भीगा था।

जावेद ने तालिया को इतने जोर से कस लिया कि तालिया पल-भर उस गर्म आलिंगन में बंधी सब कुछ भूल गई।

"नहीं-नहीं, छोड़िए," तालिया ने रोष प्रकट करते हुए कहा और छूट जाना चाहा। जावेद की आंखों में एक ललक चमक रही थी। और वह कांप-सा रहा था। तालिया सहम गई। वह घबराकर बड़बड़ाई, "मुझे छोड़िए वरना मैं शोर मचा दूंगी।"

बहुत मुश्किल से तालिया अपने को जावेद से अलग कर पाई। वह खुद हांफने लगी थी। तालिया दीवार से टिक गई। जावेद अपने को नियंत्रित करने की चेष्टा में हांफ-सा रहा था। दोनों ने एक-दूसरे को देखा।

"ओह, यह आपको क्या हो गया था?"

जावेद जैसे कहीं डूबने-उतरने लगा।

"जाने क्या का क्या हो जाता, अपने साथ आप मुझे भी जीते जी मार डालते।" तालिया की आंखों में आंसू चमकने लगे।

जावेद अब तक काफी संभल गया था। तालिया के पास आया, "मुझे माफ कर दो तालिया, जाने मुझे क्या हो गया था।"

"चलिए, देर हो रही है।"

दोनों लौटने लगे। गिरते पानी की आवाज अब साफ सुनाई देने लगी थी।

दोनों जब बाहर आए तो अम्मी, जमीला मुंह धो रही थीं। मोबीन टिफिन-कैरियर धो रहा था। तालिया को लग रहा था कि शायद अम्मी कुछ कहेंगी, मगर उन्होंने कुछ नहीं कहा और जावेद से बातें करने लगीं। तालिया जमीला के पास आ गई। वह बहुत उदास दीख रही थी। वह एकटक पानी को देख रही थी और कुछ सोच रही थी। जमीला तालिया का चेहरा देखकर ही सब समझ गई, वह मुसकराने लगी। जावेद ने जमीला के चेहरे को देखा तो उसे लगा, जमीला सब जान गई है। उसे घबराहट-सी महसूस हुई। कुछ देर बैठकर तालिया चुपचाप उठकर डाक-बंगले की तरफ चली गई। किसीने उसे नहीं रोका।

जब सब लोग ऊपर पहुंचे तो देखा, तालिया पड़ी सो रही है। मगर तालिया सो नहीं रही थी, चुपचाप औंधी पड़ी थी। जमीला नाश्ते के लिए बुलाने आई, पर तालिया नहीं गई। वैसे ही पड़ी रही। सब लोग तालिया के बिना ही नाश्ता करने लगे। जावेद को नाश्ता अच्छा नहीं लग रहा था। खाते-खाते बीच में वह उठा और तालिया के कमरे में चला गया। अम्मी और जमीला चुपचाप नाश्ता करती रहीं।

"तालिया," जावेद ने धीरे से तालिया को सिर पर, गालों पर छुआ।

"जी···" तालिया उठ गई।

"आपको मेरे कारण तकलीफ हुई, मैं माफी चाहता हूं।"

"जी नहीं, यह बात नहीं।"

"तो फिर क्या बात है, आप बेकार इतना क्यों सोचती हैं? चलिए नाश्ते पर···" जावेद की आंखों में अनुरोध था। तालिया फिर भी सिर नीचा किए बैठी रही।

"चलिए न! तालिया, हम खुद कहीं नहीं चलते, खुदा हमें चलाता है, जिस दिन यह समझ जाओगी उसी दिन सब हल्का लगेगा।"

तालिया धीरे से मुसकरा दी, जिससे जावेद के चेहरे की उदासी भी कुछ कम हो गई। दोनों कमरे में आए।

"हां, यह बात हुई। भई, जिसका बन्दर हो वही नचाए, क्यों?" जमीला छेड़ रही थी। जावेद और अम्मी हंसने लगे।

तालिया को फिर जैसे किसीने बहुत गहरे में कुरेद दिया।

दोपहर का वक्त था। अम्मी के कई बार मना करने पर भी तालिया और जमीला नहाने के लिए जिद करने लगीं। जावेद चौकीदार के साथ नीचे के गांव में किसी काम से गया था। उसने कहा था, ग्यारह बजे तक लौट आएगा, पर अब तक नहीं आया। खाने का रास्ता देखते-देखते अम्मी ने खाना खा लिया था; पर जमीला और तालिया ने खाना नहीं खाया था। दोनों बैठे-बैठे बोर हो रही थीं। दोनों जब कपड़े, साबुन का डिब्बा पकड़े केन की तरफ गई तो धूप काफी तेज हो गई थी। दोपहर अजीब और फटी-फटी-सी लग रही थी। ऐसी पहाड़ी जगह की शाम और सुबह लुभावनी होती है; पर दोपहर तो हद से ज्यादा बोर हो जाती है।

बांध के पास एक छोटे-से पत्थर पर शिवलिंग बना था। उसके ऊपर साया देता एक पेड़ था जिसपर सफेद छोटे-छोटे फल लगे थे। दोनों घाट पर पहुंची, महसूस किया, पत्थर तप गए हैं। पानी पर से ठंडी हवा के झोंके आकर थोड़ी सान्त्वना दे रहे थे।

दोनों बांध की तरफ न जाकर नदी के बहाव की तरफ चढ़ने लगी। उधर पानी कम गहरा था। दोनों पानी में उतर गई। जमीला को तैरना आता था, वह जोर-जोर से पानी को छपाक-छपाक करती मजे ले रही थी। कभी वह उल्टी होकर तैरने लगती। जमीला तैरते हुए आगे बढ़ गई थी। तालिया किनारे के पानी में बैठी जमीला की किलोल देख रही थी। तालिया ने मुंह-हाथ पर साबुन लगाया और पानी के छींटे मार-कर साबून धोया; पर आंखें खोली तो सामने जावेद टावेल लिए खड़ा था।

"हाय, अल्लाह !" तालिया घबराकर पानी में बैठ गई।

जावेद ने अपनी शर्ट उतार दी और पानी में छलांग लगा दी। तालिया जल्दी से पानी से निकल आई और अपने कपड़ों को शरीर पर लपेट लिया पर आंख बचाते-बचाते भी तालिया की आंखें जावेद के सुन्दर युवा शरीर से टकरा गई और वह उसे झेंपते-झेंपते देखने लगी। जमीला भी पास आ गई थी, वह

किनारे की सीढ़ी पर बैठकर सांस लेने लगी।

"आइए न, इधर पानी ज्यादा गहरा नहीं है।"

"नहीं, हम लोग नहा चुके। जमीला, पानी से निकल न।"

"अच्छा तो यह बात है, भागने की तैयारी है," कहता हुआ जावेद किनारे आ गया और एक झटके से उसने तालिया को पानी में खींच लिया। तालिया घबराकर चिल्लाने लगी। जमीला फिर निश्चिन्त हो पानी में उतर गई और उल्टी होकर तैरने लगी।

तालिया ने बड़ी ही दीनता से जावेद को देखकर कहा; "छोड़ दीजिए।"

"लीजिए," जावेद ने तालिया को छोड़ दिया पर पानी गहरा था। उसने चीखकर जावेद को पकड़ लिया।

तालिया का गोरा शरीर पानी में धुलकर और चटक हो गया था। उसके लम्बे खूबसूरत बालों की एक लट उसकी गरदन से लिपटी थी। जावेद उसके सौन्दर्य को आंखों से पीता पास आ गया, "खाना खाने के बाद मेरे साथ शिकार पर चलोगी?"

"ऊं हूं," तालिया ने इनकार में सिर हिलाया। अपनी तरफ जावेद को देखते देख उसकी बड़ी बड़ी आंखें शर्म से झुक गई।

तालिया को आश्चर्य होता है। जमीला जब से यहां आई है, उसे अकेला छोड़ देती है। क्या वह भी जावेद से मिल गई है? और अम्मी? अम्मी उसे रोकती क्यों नहीं? और जब खाना खाने के बाद जावेद ने शिकार पर तालिया को ले जाने की बात उठाई तो अम्मी और जमीला ने तुरन्त हामी भर दी। तालिया को सब रहस्य-सा लगने लगा।

जंगल की पगडंडी उतरते हुए भी तालिया यही सोच रही थी।

"क्या सोच रही हैं?"

"मैं सोच रही हैं, आपके साथ आने के लिए मम्मी क्योंकर राजी हो गई!"

जावेद आंवले की डाल पकड़े मुड़ा, "देखो न, वे लोग खुद चाहते हैं कि हम लोग एक हो जाएं।"

"लेकिन क्यों? मैं शादीशुदा हूं, आप शादीशुदा हैं। वे लोग अब चाहने वाले क्या अकेले हैं?"

दोनों ढलान से उतर रहे थे। अब जंगल शुरू हो गया था। जंगल में इतनी कड़ी दोपहरी में भी ठंडक थी। रास्ते के नाम वहां कुछ नहीं था, पर जावेद बराबर चला जा रहा था। ढेर सारे पत्ते, टहनियां पड़ी थी। दोनों चलते-चलते एक पक्की कब्र पर पहुंच गए। उसपर क्रॉस का चिह्न था, कब्र को कांटों वाले तार से घेर दिया गया था। तालिया को आश्चर्य हुआ, "यह किसकी कब्र है यहां इस इतने घने जंगल में?"

"यह एक इंजीनियर की कब्र है जो बांध बनाते वक्त मारा गया था।"

"बांध एम० पी० में आता है न?"

"नहीं, हम जहां चल रहे हैं, यह एम० पी० है; पर जहां बांध है वह यू० पी० में आता है। समझो कि यह बार्डर पर बना है।"

वे लोग करीब दो मील आ गए थे। जंगल में एक सन्नाटा छाया था। तालिया के पैर थकने लगे थे। थर्मस और कारतूस का बैग संभाले उसके कंधों में दर्द होने लगा। वह एक पेड़ की छांव में बैठ गई।

"मैं तो खूब थक गई हूं।"

"खूब थक गई हैं?" जावेद ने कहा।

"खूब नहीं, बहुत थक गई हूं।"

जावेद ने भी बन्दूक उतारकर पेड़ से टिका दी और हाथों को सिर के नीचे रखकर लेट गया।

"आप भी लेट जाइए।"

"नहीं।"

"अरे! आप तो कह रही थीं कि थक गई हूं, नहीं तो चलिए।"

"नहीं, सच, थक गई हूं।"

दोनों देर तक चुप बैठे रहे।

"तालिया, चेहरे पर इतनी उदासी चढ़ाए और कटी-कटी क्यों रहती हो?"

"आपको मेरी जिन्दगी की बातें मालूम नहीं न, इसलिए

ऐसा पूछ रहे हैं।"

"तो बताओ न?"

"क्या करेंगे मालूम करके? मैंने बचपन से लेकर अब तक सारी जिन्दगी एक घुटन, एक छटपटाहट में बिताई है।" तालिया की आंखें डबडबा आईं।

"न रोओ तालिया, मैं तुम्हें यहां दुःखी करने के लिए नहीं लाया हूं," जावेद ने बढ़कर तालिया के आंसू पोंछ दिए।

लगता है, मैं सपना देख रही हूं, खुली आंखों वाला सपना जिसकी कोई ताबीर नहीं होती।"

"तालिया, ऐसा न कहो। इन हाथों से तो अभी किसीके महल की नींव डालनी है।"

"नहीं-नहीं, मुझे अपनी राहों पर रहने दो, मुझे कुछ नहीं चाहिए।"

"खुदा से इतनी ना उम्मीद हो गई हो?"

"उम्मीद? उसने मुझे दिया ही क्या है? अब तो मुझे खुदा के नाम से चिढ़ होने लगी है।"

"क्या मैं आपके दुख को कुछ कम नहीं कर सकता?"

"रहने दीजिए, अरमानों की राख के नीचे चिनगारी को दबे ही रहने दीजिए। अब तो मैंने अपने दिल को झाड़-पोंछकर साफ कर दिया है।"

जावेद टकटकी लगाए उसे देखता रहा।

"आप आए भी तो इतनी देर से···काश, मेरी जिन्दगी में पहले आए होते आप!"

"यही मुझे भी लगता है, तालिया! तुम बहुत देर में आई मेरी जिन्दगी में।" कहते-कहते उसने अपना सिर तालिया के घुटनों पर रख दिया।

दोनों दुःखी थे। अपने-अपने विचारों में गोता लगा रहे थे। अचानक जावेद बहुत धीरे-धीरे आगे बढ़ा, उसने चप्पलें उतार दी, उसे वहीं चुपचाप ठहरने का इशारा कर वह आगे बढ़ा। जावेद एक हाथ में भरी हुई बन्दूक लिए आगे खिसक रहा था। थोड़ा आगे जाकर वह पेट के बल लेट गया, और लेटे-लेटे ही उसने निशाना लगाया। जोर की आवाज के साथ एक जानवर गिरा। जावेद बन्दूक को वहीं छोड़कर दौड़ा, और

फुलपैंट की जेब से बड़ा-सा चाकू निकालकर उसे जिब्ह किया। तालिया भी बढ़ गई। जानवर अब भी छटपटा रहा था। खून से जमीन लाल हो गई थी।

"वाह, आपने तो एक ही निशाने में बेचारे को साफ कर दिया!" तालिया प्रशंसा के भाव से बोली, "यह हिरन है या चीतल?"

"चीतल।"

"बेचारा," तालिया को थोड़ा गिलगिला भी लगा, "आपने कितनी बेरहमी से मार दिया!"

"अच्छा!और कबाब और पुलाव बेरहमी से कौन खाएगा?"

"हम नहीं खाते।"

"हां, आप तो सूंघकर छोड़ देती हैं।" दोनों हंस पड़े।

"अब इसे ले जाएगा कौन? मैं तो नहीं ले जा सकती।" तालिया ने बचने के लिए कहा।

"आपको उठाने की जरूरत नहीं पड़ेगी, आदमी भेज देंगे, उठा ले जाएगा।"

"मगर यहां पर इसे कोई जानवर खा गया तो?"

"लीजिए, अभी आप कह रही थीं कि बेरहमी से मारा और अभी फिक्र बढ़ गई! हां भई, कबाब खाना न सही, चखना तो है।"

शाम बढ़ रही थी। जंगल में शोर बढ़ रहा था। दोनों लोटने लगे। लम्बे, ऊंचे पेड़ों पर चिड़ियां चहक रही थीं। बन्दर भी अपना कमाल दिखा रहे थे। तालिया चलते-चलते रुक जाती, "ओह, कितने प्यारे जानवर हैं!"

दोनों बढ़ रहे थे। सामने से दो-तीन चीतलों का झुण्ड कुलांचें भरता हुआ निकला। जावेद ने बन्दूक उतारी, तालिया ने टोक दिया:

"अब नहीं।"

शाम ज्यादा नहीं हुई थी, पर जंगल में वैसे भी अंधेरा जल्दी घिर आता है। कई जगह तो झाड़ियां इतनी धनी थीं कि चलना दूभर हो जाता। आसमान घर लौटते पक्षियों से भर गया था। विन्ध्या के पीछे सिन्दूरी रंग का गोला डूब रहा था।

जब दोनों वापस डाक-बंगले आए तो रात के सात बज रहे

थे। अम्मी और जमीला सहन में पलंग पर बैठी बातें कर रही थीं। मोबीन खाना लगा रहा था। खाने की मेज बाहर लॉन में निकाल ली गई थी। आज भी चांद पूरे यौवन पर था। दूधिया चांदनी चारों तरफ छिटकी पड़ी थी।

पांच

गंगऊ डैम से जिस दिन सब वापस लौटे, तो दोपहर का वक्त था। सब अपने-अपने ठिकाने पहुंच गए। तालिया के बहुत रोकने पर भी जमीला नहीं रुकी। अम्मी तो आराम से पंखे के नीचे जा सोई थीं। तालिया के लिए वक्त काटना मुश्किल हो गया था। जावेद का हंसता, शरारती चेहरा बार-बार आंखों के आगे आकर ठिठक जाता था।

वह उठी और चप्पल पहनकर बाग के पिछले हिस्से में चली गई। हाथ की मैगजीन को नीचे रख वह आम के एक पेड़ के नीचे बैठ गई। जावेद ने तीन बजे आने का वादा किया था। पेड़ के पत्तों से छन-छनकर धूप जमीन पर झर रही थी। चींटियों की एक लम्बी पंक्ति टूटी कब की दरार से निकलकर किसी ओर जा रही थी। दो-चार गिलहरियां अमरूद कुतर-कुतरकर कब्र पर फेंक रही थीं। आम के पेड़ से थोड़ा हटकर बाईं तरफ वाले मोड़ पर बंसी का झोंपड़ा था। उसका साल-भर का बच्चा आम की डाल पर बने झूले पर सो रहा था। उसकी पत्नी घर लीपते-लीपते एक हाथ से झूले को झोंका देती जा रही थी। बड़ा लड़का कटोरे में दाल लिए सुरड़-सुरड़ पी रहा था; आधी दाल उसकी कमीज पर गिर गई थी। बंसी के झोंपड़े के पास केले के पेड़ थे। बंसी के पांच बच्चे हैं, जिनके लिए भरपेट भोजन जुटाना भी मुश्किल है। बंसी को देख तालिया का दिल भर आता है। उसकी आंखें दिन-पर-दिन कमजोर होती जा रही हैं। एक बार पता चला था कि उसकी पत्नी रोज शाम को किसीके पास जाती है तो उन लोगों को बड़ा ताज्जुब हुआ था। अम्मी ने बंसी से पूछा तो उसने कहा था, "मुझ जैसे अंधे के लिए वह जितना करती है, काफी है। उसके भी तो अरमान हैं। अन्धा पति किसे अच्छा लगता है!" कहते-कहते बंसी की आंखें भीग

आई थीं। दोनों को ताज्जुब हुआ था, बेचारा सब जानता है, फिर भी कुछ नहीं कहता।

तालिया बैठी सोच रही थी, सामने से जावेद की वही पीली बस दिखाई दी।

"लीजिए, आप यहां बैठी हैं, मैं सारे घर में आपको ढूंढ़ रहा था।"

उसने मुड़कर देखा, जावेद खड़ा था। गुलाबी बुश्शर्ट और सफेद फुलपैंट में खूब जंच रहा था। जावेद चारों तरफ देख रहा था।

"वाह, क्या बढ़िया जगह है!"

तालिया पुलककर चुप रही।

"हां, किसी अजनबी की टूटी कब्र और उसके सामने बैठी एक खूबसूरत लड़की! कितना खुशनसीब है बेचारा! अगर आप वायदा करें कि आप यहां रोज बैठा करेंगी तो अपनी भी एक कब्र यहां बनवा लूं।"

"हिश, कैसी बातें करते हैं···आपकी बहनों की मंगनी हो गई?"

"तारीख बढ़ गई है, छुट्टी हुई, इत्मीनान से खूब सोया आज।"

"खूब सोए। आप भी 'खूब' बोलने लगे।"

जावेद हंस पड़ा, "आपके साथ रहे और आपकी बातें न सीखे, यह कैसे हो सकता है!"

"आपकी मिसेज घर पर हैं? लाइए न उन्हें।"

"वह तो मायके में हैं, वरना इतनी जल्दी छुट्टी मिलती? तरह-तरह की जांच-पड़ताल होती। सूंघकर वह सब जान लेती है।"

"अच्छा, तो वह जान जाएंगी तब:"

"ऊंह, देखा जाएगा। अच्छा, बताइए, आप लोग घर कब आ रही हैं?"

"जब कहें।"

"कल आइए!"

"ठीक है, तीन बजे आएंगे।"

"नहीं, बारह बजे आइए।"

"अच्छा, चलो, बारह ही सही। अरे हां, याद आया, आप यहां की डाक्टर शशि को जानते हैं? मेरी दोस्त हो गई हैं।"

"अच्छा! पड़ोसी के नाते जानता हूं। रईस लोग हैं।"

"बहुत अच्छी हैं।"

"हां, तो चलूं? गाड़ी छोड़ना है," जावेद तालिया का हाथ दबाकर चला गया। जाते-जाते वह फिर मुड़ा, "कल गाड़ी भेज दूंगा।"

दूसरे दिन तालिया गुसलखाने में ही थी कि अम्मी ने बताया, गाड़ी आ गई है। उसे ताज्जुब हुआ, इतनी जल्दी? बारह का टाइम दिया था।

तालिया ने जामुनी रंग की साड़ी और ब्लाउज पहन रखा था। साड़ी का बॉर्डर जरी का था। तालिया ने नये ढंग का जुड़ा बनाया था, जिसमें चांदी का फुल टंका था। जामुनी साड़ी में उसका शरीर खिल-खिल पड़ रहा था। जब वह बरामदे में आई तो अम्मी पहले से तैयार खड़ी थीं। उन्होंने गुलाबी लखनऊ-चिकन की साड़ी पहन रखी थी। दोनों गाड़ी में बैठ गईं।

गाड़ी एक बड़े-से गेट वाले अहाते में घुसी, जो अकसर पुरानी किस्म के मकानों में होता है। आड़ी-तिरछी बसें खड़ी थीं। चारों तरफ ईंटों की ऊंची चहारदीवारी थी। दाईं तरफ कुछ कमरे बने थे, जहां नीम का पेड़ था जिसके फूल झर-झर-कर इधर-उधर बिखरे थे। एक टूटी बस के पास कुछ बच्चे खेल रहे थे।

दोनों गाड़ी से उतर पड़ीं। उसे बुरा-सा लगा, क्योंकि जावेद कहीं नहीं दिख रहा था। घर काफी बड़ा था पर काफी पुराना। मकान की छत नीची थी, और सामने काफी गंदी बेंचें पड़ी थीं। तालिया का दिल धड़कने लगा। मकान जब इतना पुराना नजर आ रहा है तो घर में रहने वाले भी पुराने खयालों के ही होंगे।

बरामदे से लगे कमरे में बड़ी-बड़ी आलमारियां थीं, जिनमें मोटर का सामान भरा था। कमरे की एक मेज पर कुछ लोग हिसाब-किताब मिला रहे थे। तालिया को अजीब संकोच हो रहा था। इतनी देर हो गई पर कोई बाहर लेने नहीं आया। वे दोनों ठिठकी-सी बरामदे में खड़ी रहीं। सामने से एक बच्चा

आया, "आइए न।"

दोनों बच्चे के पीछे-पीछे एक लम्बे गलियारे को पार कर पक्के आंगन में आई। आंगन में पड़े तख्त पर एक बुढ़िया बैठी सुपारी कतर रही थी। उसके सफेद बाल और चेहरे के रोब से लगता था कि जरूर यह जावेद की दादी होगी। बुढ़िया ने बड़ी ही घृणा से दोनों को देखा। आंगन के एक किनारे चूल्हे पर कोई लड़की खाना बना रही थी। उसने वहीं से बैठे-बैठे आदाब किया। लड़का गायब हो गया था। बुढ़िया ने बहुत ही रूखे ढंग से उन्हें देखा। तालिया का दिल धड़कने लगा। जी चाहा, भाग जाए।

तभी सामने से सुरमई रंग की साड़ी पहने एक औरत निकली, जो डील-डौल से काफी तगड़ी थी। उसने अनुमान लगाया, यही जावेद की अम्मी होगी।

"आइए न, वहां क्यों खड़ी हैं?"

दोनों ने उन्हें आदाब किया और उनके पीछे कमरे में गईं। कमरे में कई पलंग पड़े थे जिनपर कई लड़कियां बैठी सिलाई-बुनाई कर रही थीं। सब उन्हें देख हड़बड़ाकर उठ गईं। तालिया और अम्मी पलंग पर बैठ गई थीं। एक पलंग पर एक औरत लेटी थी, जिसके पास एक बहुत छोटा बच्चा सो रहा था। वह उठने को हुई तो अम्मी ने मना कर दिया।

"यह जावेद से छोटी लड़की है, लड़का हुआ है।" जावेद की अम्मा ने बताया।

"देखिए, हमें मालूम नहीं था, बच्चे के लिए कुछ नहीं लाए।" अम्मी ने बच्चे को उठा लिया।

"वाह, क्या घर में भी कोई ऐसा सोचता है?"

लड़कियां तालिया के पास सिमट आई थीं, और बहुत खुलकर बातें कर रही थीं। तालिया अब सहज हो गई थी। घबराहट दूर हो गई थी। वह भी उनसे बातें कर रही थी। लड़कियां सब सांवली थीं। उसे ताज्जुब हो रहा था। जावेद कितना सुन्दर है, और उसकी बहनें? लड़कियां उसके सौन्दर्य को घर रही थीं।

सामने दरवाजे से जावेद आया। उसने हल्के पीले रंग की बुश्शर्ट पहन रखी थी।

"अम्मी, आदाब !"

"आदाब, बेटे !"

तालिया ने बहुत झिझकते हुए आदाब किया।

"अरे, इन्हें ऊपर बैठाना था, ऊपर चलिए। आइए अम्मी !"

"नहीं बेटा, मुझसे सीढ़ियां चढ़ते नहीं बनेगा।"

तालिया लड़कियों के साथ उठी। आंगन में आए तो वहां वही दादी दीखीं, जिन्होंने तालिया को फिर घूरकर देखा। उसके माथे पर पसीना आ गया। जावेद के पीछे सकुचाती-सी वह सीढ़ियां चढ़ गई।

ऊपर के कमरे नये ढंग के बने थे। लम्बे सहन में तख्त पर कालीन बिछा था। कत्यई रंग के परदे को हटाकर जब तालिया अन्दर गई तो लगा, कमरा बहुत ही सुन्दर है। उसने अनुमान लगा लिया कि यह कमरा जावेद का होगा।

तालिया एक सोफे पर बैठ गई। लड़कियां अभी भी उसे निहार रही थीं जिससे वह कुछ घबराहट-सी महसूस कर रही थी। जावेद पलंग पर लेट गया। तालिया ने कमरे में नजर घुमाई। जहां जावेद लेटा था, वहां दो बडे पलंग जुड़े थे, जिनमें से एक शादी का लग रहा था। पलंग के पास कांच के शीशों वाली बड़ी आलमारी में सामान सजा था। वहीं एक छोटी आलमारी भी थी, जिसके ऊपर कुछ खिलौने रखे थे। तालिया जहां बैठी थी वहीं एक खूबसूरत टेबल पर रेडियो था। दीवार पर बनी बिना कांच की आलमारी में शख, सीप, रंग-बिरंगे पत्थर करीने से रखे थे। दीवारों पर सुन्दर-सुन्दर सीन-सीनरियों की तसवीरें टंगी थीं। कमरा बड़े ही सुन्दर ढंग से रखा गया था।

"भैया, हम इन्हें क्या बोलें ?"

"क्या बोलें···हां, यह बात हुई। इन्हें भाभी ही बोलो। मैं भी तो यही कहता हूं।"

'हाय अल्लाह, यह क्या ?" तालिया ने शरमाकर जावेद को देखा। तालिया को जावेद के झूठ पर हंसी आई। जावेद उसे हमेशा नाम से ही पुकारता था।

"भाभी, आपके बाल बहुत अच्छे हैं।"

"पर मुझे तो इनकी चाल बहुत अच्छी लगी। जब भाभी

सीढ़ियां चढ़ रही थी तो मैं पीछे से इनकी चाल देख रही थी।"

"हाय अल्लाह!" तालिया फिर झेंप गई।

जावेद उठ बैठा और तकिये को गोद में रखकर बोला, "भई, इनकी क्या चीज अच्छी नहीं है? जैसे देखो न, 'हाय अल्लाह' कितने अच्छे अंदाज से बोलती हैं!"

"हाय अल्लाह," तालिया ने कहा और सब लड़कियां खिल-खिला पड़ीं। तालिया कटी जा रही थी।

"तुम लोग तो घेरकर बैठ गई। कुछ चाय-नाश्ता तो पहले लाओ।"

"नहीं-नहीं, चाय नहीं पीयंगी।"

"भाभी, आपको पीनी पड़ेगी," सब दौड़ते हुए नीचे चली गई। कमरा खाली हो गया।

"चलो, छुट्टी हुई," जावेद ने तकिया अलग रख दिया।

"क्यों सबको भगा दिया?"

"बताएं?" जावेद उठकर तालिया के पास आया। तालिया घबराकर पीछे हटी, "नहीं।"

"आइए, आपको वह कमरा दिखाएं।"

उस कमरे से लगा एक छोटा कमरा था, जो शायद ड्रेसिंग-रूम था। कमरे में खूबसूरत ड्रेसिंग टेबल रखा था। फर्श पर गलीचा बिछा था। कपड़ों की बड़ी आलमारी थी। लकड़ी के स्टैंड पर कोट, फुलपैंट टंगे थे। एक रेक पर कतार में जूते रखे थे। आधे जावेद के थे और बाकी उसकी बीवी की चप्पलें, सैंडिलें थीं। दीवार के कोने में बच्चे का झूला, बाबागाड़ी रखी थी। ड्रेसिंग टेबल का ऊपरी भाग शीशे का था जिससे अन्दर रखी रंग-बिरंगी चूड़ियां झलक रही थीं।

जावेद का कमरा घूमते हुए तालिया को उकताहट हो रही थी। उसे लग रहा था, इस कमरे में उसका सामान होना था। उसकी आंखें किसी अनजान हाथों को चूड़ियां पहने, सिंगार करते देख रही थीं। कैसी होगी जावेद की बीवी? और उसका बच्चा क्या जावेद जैसा दिखता होगा?

दोनों वापस पहले वाले कमरे में चले आए।

'देखिए यह पत्थर," जावेद ने तालिया को पत्थर दिखाया। रंग-बिरंगे पत्थर थे।

"मुझे भी यह पत्थर जमा करने का बहुत शौक है।" उसे ताज्जुब हो रहा था, दोनों की रुचि कितनी मिलती-जुलती है।

"सच, आपको शौक है? यह सब पत्थर मैं लाया हूं। हमारी मेम साहब को यह सब पसन्द नहीं है, पर मेरे सामने उनकी एक नहीं चलती। यह कमरा जो आप देख रही हैं, मेरा सजाया हुआ है। उनका काम बस सोना है। कभी-कभी बीच-बीच में लड़ना।"

"अच्छा, यह कमरा आपने सजाया है?" तालिया को गुद-गुदाहट हो रही थी।

"हां, क्या करें, खुदा ने हर तरफ की जवाबदारी अपने ही कन्धों पर डाल दी है," जावेद उदास-सा हो गया था, "काश, आप यहां आ जाती तो!"

तालिया उदास हो गई। दोनों एक ही तरह की बात सोच रहे थे। सीढ़ियों पर आवाज आई। दोनों सजग हो गए।

लड़कियां नाश्ते का सामान उठाए आ रही थीं। कमरा फिर चहल-पहल से भर गया था। तालिया की दृष्टि पहली बार रेडियो के पास रखे एलबम पर पड़ी। उसने झिझकते हुए उसे उठा लिया। वह जावेद की पत्नी को आंकना चाहती थी। जावेद की छोटी बहन सबीहा उसके पास बैठकर एलबम की तसवीरें दिखा रही थी। जावेद पलंग पर लेटा छत देख रहा था। नाश्ता टेबल पर रखा था।

"देखिए भाभी, यह हमारी भाभी हैं।"

तालिया का दिल धड़का। उसने पाया, एलबम में जावेद की पत्नी के काफी चित्र थे। कहीं वह बाग में बैठी थी, कहीं गॉगल्स लगाए थी, कहीं हंस रही थी। तालिया ने गौर से देखा —लम्बे चेहरे की, काफी भरे-भरे बदन वाली। सारे चित्र बहुत सुन्दर थे। वह उन्हें उलट-पुलटकर देखती रही।

दोपहर का खाना खाकर, तालिया सबीहा के साथ जावेद के कमरे में आ गई। जावेद कहीं काम से गया था। सबीहा का मिजाज तालिया को अच्छा लगा। दोनों एक ही पलंग पर लेट गई। देर तक दोनों बातें करती रहीं, फिर सबीहा सो गई। तालिया को नींद नहीं आ रही थी।

खिड़की से हवा आ रही थी। खिड़की में बारीक लोहे की

जाली लगी थी। गुसलखाने से पानी गिरने की आवाज आ रही थी। परदे के नीचे से उसने देखा, कोई बाथरूम से आ रहा है, गीले पैर के निशान फर्श पर बनते ज़ा रहे थे। धूप सहन में उतर आई थी। तख्त के खिसकाने की आवाज आई। नीचे शायद दादी चिल्ला रही थी। दोपहर काफी भरपूर हो गई है। छोटे बच्चे के रोने की, फिर किसीके पुचकारने की आवाज आई। गैरेज में किसी ने बस लाकर खड़ी की।

"तो आप सो गई ?"

उसने घूमकर देखा, जावेद खड़ा था। वह जल्दी से उठ गई, "नहीं तो !"

"लेटिए, लेटिए !"

"जी नहीं, ऐसे ही ठीक हूं।"

"अरे नहीं, लेटिए भी," जावेद ने साथ वाला पलंग खींचा और थोड़ी दूर ले जाकर खुद भी लेट गया।

"आप भी लेटिए, नहीं तो मैं भी उठ जाऊंगा," जावेद उठते हुए बोला।

"अच्छा, लीजिए," तालिया लेट गई और चेहरे को कोहनी से ढंक लिया।

"इधर देखिए !"

"ऊं हूं !"

"शश्, देखिए ना !"

"ना··ना," तालिया ने धीरे से मुंह जावेद क तरफ कर दिया।

जावेद उसे वैसे ही निहारता-निहारता नींद की गिरफ्त में फंस गया। तालिया उसके सोए हुए चेहरे को देखती रही—कितना मासूम, भोला चेहरा है! उसका जी चाहा, दौड़कर इस चेहरे को अपनी बांहों में भर ले। अल्लाह !

यह चेहरा मेरे पास होते हुए भी दरअसल कितनी दूर है ?

तालिया की आंखों से आंसू की बूंदें रेंग निकलीं और गालों पर से फिसलकर बालों में खो गईं।

शाम को वह बरामदे में बैठी थी कि गेट के पास किसीकी साइकल रुकी। तालिया आगे बढ़ आई। शशि थी। उसने

सलवार-कमीज पहन रखी थी, इसलिए एकदम लड़की दीख रही थी।

"अरे, मैने तो तुम्हें पहचाना ही नहीं, वाकई तुम तो एकदम लड़की लग रही हो !" तालिया ने कहा। शशि मुसकरा दी।

दोनों अन्दर आ गई। अम्मी भी आवाज सुनकर बैठक में आईं।

"चलो तालिया, टोरिया तक घूम आएं। टोरियां गई हो ?"

"नहीं, अभी तो नहीं गई।"

"एक कप चाय तो पी लो," अम्मी ने कहा।

चाय पीकर दोनों बाहर निकलीं। दोनों किशोर ताल के किनारे-किनारे होती, टोरिया की पहाड़ी की तरफ बढ़ निकलीं। शाम हो रही थी। सड़क पर काफी लोगों की भीड़ थी। टोरिया पर भी काफी लड़कों का हुजूम था। टोरिया की पहाड़ी पर एक तरफ सरकिट-हाउस बना था, बाईं तरफ घूमने पर एक छोटी-सी मस्जिद थी, जो काफी टूटी-फूटी थी। दोनों मस्जिद के पीछे के चबूतरे पर बैठ गई।

मस्जिद के पीछे काफी खेत थे और कुछ छोटे-छोटे देहाती मकान बने थे। उन्हीं मकानों के झुरमुट में पीपल के पास शायद कहीं कीर्तन हो रहा था।

"तालिया, देखो, वहां किसी बाबा की मजार है।"

"अच्छा !" तालिया को कौतूहल हुआ।

"हां, बस्ती की औरतें मनौती मांगने आती हैं। कहते हैं, यहां मांगी हर मनौती पूरी होती है, पर···पर मेरी नहीं हुई।"

तालिया ने चौंककर शशि को देखा। वह बहुत उदास हो आई थी और दूर खेतों के पीछे झाड़ों में छुपते सूरज को देख रही थी।

"तुमने क्या मन्नत मांगी थी ?"

शशि का चेहरा फक-सा हो गया, परन्तु वह तुरन्त संभल गई और उसके हाथ को दबाते हुए बोली, "बस, कुछ बातें ऐसी होती हैं तालिया, कि पूरी नहीं होतीं।"

"नहीं शशि, आदमी यदि चाहे तो कोई भी बात पूरी हो जाती है।"

शशि कड़वी हंसी हंसी, "तुम नहीं समझोगी, तालिया, हम

इतना पढ़-लिखकर भी चौदहवीं सदी में जी रहे हैं। खानदान के लिए, मां-बाप के लिए आज भी हमें अपनी आहुति देनी होती है। तुम्हीं बताओ, हम कहां बढ़े हैं? हमने कहां तरक्की की है? आज भी हम पुराने बन्धनों में नहीं बंधे हैं?"

शशि बहुत उदास हो गई थी, लग रहा था, वह रो देगी। पर वह संभलकर उठ गई। दोनों मन्दिर की तरफ बढ़ गईं। टोरिया पर सड़क दो बार घूमती है, ऊपर दोनों सड़कें दीखती हैं। दोनों रास्ता छोड़कर चट्टानों पर से होती हुई बढ़ रही थीं।

मन्दिर बहुत ऊंचा बना था। अन्दर जाने के दो रास्ते थे। एक रास्ता नीचे की सड़क से आने पर पड़ता था जिसमें करीब चार-पांच सौ सीढ़ियां थीं। दूसरी तरफ चट्टान से जुड़े रास्ते में सिर्फ पचीस-तीस सीढ़ियां थीं। दोनों सीढ़ियां चढ़ गईं। दरवाजे पर चप्पल उतारकर ऊपर बढ़ी। सीढ़ियां काफी घूमकर ऊपर पहुंचती थीं। भीड़ काफी थी। शशि उसे लेकर अन्दर गई। अन्दर हनुमान की बड़ी-सी मूर्ति थी, जिसपर सोने का पानी चढ़ा था। मूर्ति बहुत सुन्दर थी। आंखें अनायास टिक जाती थीं।

शशि ने घंटा बजाकर, हाथ जोड़ दिए। तालिया दीवार से टिकी उसे देखती रही। शशि ने सिर ढांक लिया था। हाथ जोड़े शशि बहुत अच्छी लग रही थी। अचानक वह भीड़ से अलग हो गई। तालिया को लगा, शशि रो रही है। शशि ने माथा टेका और वहीं चट से आंसू पोंछ लिए। तालिया ने देख लिया।

उसका भी मन दुःखी हो आया। पुरानी पीड़ा जाग गई। वह अपने को भूली-सी खड़ी रही।

शशि मन्दिर के चारों ओर घूमकर फेरे ले रही थी।

शशि और वह मन्दिर के पीछे वाले छोटे-से दरवाजे से निकलकर चट्टान पर आ गई।

"आओ, तुम्हें एक बहुत अच्छी जगह दिखाएं।"

दोनों आगे बढ़ गईं। पहाडी काफी ऊबड़-खाबड-सी थी। दोनों चप्पलें सीढ़ियों पर ही छोड़ आई थीं। नंगे पैर चलना दूभर -सा लग रहा था। शशि अपने में मस्त आगे बढ़ रही थी।

एक जगह दोनों बैठ गई, जहां हरसिंगार के बहुत से पेड़ थे। चारों तरफ फूल ही फूल थे।

"अरे, इतनी अच्छी जगह! क्या तुम रोज यहीं बैठती हो?"

"अब नहीं, पहले बैठती थी, अब तो।"

शशि ने वाक्य अधूरा छोड़ दिया। तालिया का मन भी उसे खोदने का नहीं हुआ। उसका भी मन भारी हो गया था।

दोनों ऐसी जगह बैठी थीं, जहां से सारा शहर दीखता था। बड़ा मोहक लग रहा था। सीढ़ियों पर चढ़ते लोग दीख रहे थे। पर उन्हें यह जगह नहीं दीख सकती थी। दो बहुत ही प्यारे बच्चे सीढ़ियों से चढ़ रहे थे। उनके पीछे उनकी मां थी।

"तुम्हें बच्चे कैसे लगते हैं, तालिया? मुझे तो बहुत प्यारे लगते हैं।"

तालिया ने कोई उत्तर नहीं दिया, वह हरसिंगार के फूलों को देखती रही। अपने को संभालने की कोशिश करती रही।

"कभी था शशि, अब तो इस ममता को भूल रही हूं।"

"क्यों?" शशि बुरी तरह चौंक उठी, "क्या तुम्हें अभी तक···?"

"न हुए, न अब होंगे!"

शशि का चेहरा फक-सा पड़ गया, वह देर तक तालिया को देखती रही, फिर उसके कंधे को दबाती हुई बोली, "डोंट वरी, जीवन में और भी सुख हैं इसके अलावा।"

दोनों चुपचाप पहाड़ी के नीचे देखने लगीं, जहां अब अंधेरा फैल गया था। सीढ़ियों पर भीड़ बहुत कम हो गई थी। शहर-भर में रोशनी जल गई थी। शहर जगमगाता हुआ बड़ा अच्छा लग रहा था। नीचे सड़क पर अब भी कुछ लोग टहल रहे थे।

"चलो, अंधेरा हो गया है।" तालिया ने कहा।

दोनों वापस लौटने लगीं। दोनों सीढ़ियां उतरकर सड़क पर आ गई। शशि बीच-बीच में रुक रुककर पीछे देखती और फिर चलने लगती। उसके चेहरे से लग रहा था कि वह किसी को ढूंढ़ रही है। तालिया को आश्चर्य-सा हुआ।

"क्या कोई आने वाला है?"

"नहीं," शशि ने कहा, पर वह पहले की तरह ही पीछे देख लेती थी। दोनों टोरिया की सड़क छोड़कर किशोर-ताल के किनारे-किनारे चल रही थीं। पानी में किनारे की सड़क की बत्ती का उजाला पड़ रहा था। किशोर-ताल का घाट सूना पड़ा था। कुछ जानवर घाट पर शान्त-भाव से बैठ थे।

दोनों घर लौटकर आई तो लगा, घर में हलचल है। दोनों अन्दर गई। सिद्दीकी साहब आ गए थे और सोफे में धंसे बैठे थे। अम्मी भी पास बैठी थीं। बंसी सामान उठाकर कमरे में ले जा रहा था। टेबल पर बैग, बास्केट रखा था। आहट से सिद्दीकी साहब ने देखा, "आओ, बेटा। अरे, शशि भी आई है क्या?"

दोनों सोफे पर बैठ गई। सिद्दीकी साहब देर तक अपने सफर की बातें बताते रहे। शशि और तालिया मजा ले-लेकर बातें सुन रही थीं।

"तुम्हारी सेहत अच्छी हो रही है, तालिया!" सिद्दीकी साहब ने कहा तो तालिया झेंप गई। उसे लगा, यदि सिद्दीकी साहब उसके और जावेद के बीच होने वाले व्यापार को जान जाएंगे तो क्या सोचेंगे?

शशि ने घड़ी देखी, "ममी रास्ता देखेंगी, तालिया, मैं चलूं।"

"अरे, इनको बास्केट से निकालकर मिठाई और फल खिलाओ।" सिद्दीकी साहब बोले।

अम्मी प्लेट में मिठाई और फल लिए आई। खाकर शशि' ने विदा ली। तालिया गेट तक छोड़ने आई।

"तालिया, मैं कल फिर आऊंगी, तुम भी आया करो न?"

"हां, जरूर आऊंगी, तुम कहां मिलोगी?"

"मैं ज्यादा तो डिस्पेंसरी में ही रहती हूं, वहीं आ जाना।"

"अच्छा," तालिया ने कहा।

शशि चली गई।

सुबह किसीकी आवाज से तालिया बैठक में गई तो देखा, जावेद सिद्दीकी साहब के पास बैठा था। अम्मी भी वहीं थीं। तालिया अभी बैठने की बात सोच ही रही थी कि सामने से एक

मौलाना साहब आए। सिद्दीकी साहब ने आगे बढ़कर उनसे हाथ मिलाया। जावेद ने मौका देखकर तालिया को आंखों ही आंखों में सलाम किया, और देखता रहा।

सिद्दीकी साहब ने मौलवी साहब से सबका परिचय कराया, "आप बरेली के मशहूर मौलाना हैं और आप हैं मिस्टर जावेद, पुराने खानदानी आदमी हैं। यह मेरी बेटी तालिया है, शादी हो चुकी है। और यह···इन्हें तो आप पहचान गए होंगे? मेरी होम मिनिस्टर हैं।"

सब हंस पड़े। तालिया उठकर चाय के लिए बोलने गई। लौटी तो मौलाना साहब कुछ कह रहे थे।

"तो जनाब, मैं यह कह रहा था कि हम कलीयर शरीफ वाले बाबा का उर्स कर रहे हैं। आपसे दरख्वास्त है कि कुछ मदद करें।"

मौलाना की बात पूरी होते ही तालिया बोल पड़ी, "मौलाना साहब, आप लोग उर्स क्यों मानते हैं?"

"क्यों मानते हैं? अजीब सवाल है साहब! हम लोग इनको खुश करके खुदा तक पहुंचते हैं।"

"यानी हम लोगों ने सच्चा रास्ता छोड़ दिया है। इसीलिए मुसलमानों की हालत गिर गई है। हमें जिसने पैदा किया, जिसने दुनिया बनाई उसे हम भुला बैठे हैं, और उसके वलियों को खुदा बना बैठे हैं।"

"नहीं, आप गलत कहती हैं, बिना जरिये के खुदा के पास पहुंचना मुश्किल है।"

"यही हमारी कमजोरी है। हम यही सोचते हैं कि खुदा हमारी नहीं सुनेगा। पर यह गलत है। जो चींटी को भी खुराक देता है, क्या वह ऐसा हो सकता है? वलियों को मैं कुछ नहीं कहती, वे हमारे लिए ऊंची हस्ती हैं पर हम उनकी अच्छाइयों पर चलना छोड़ उन्हें खुदा बना बैठे हैं। आप हिन्दुओं को बुत-परस्त कहते हैं, पर जरा खयाल कीजिए, मजारों पर चादर चढ़ाना, फूल, शीरनी वगैरह चढ़ाना क्या पूजा नहीं है? मजार पत्थर की बनी होती है, तो क्या हम पत्थर की पूजा नहीं करते?" तालिया चुप हो गई।

जावेद ने मौलाना की तरफ देखा, "मोलाना साहब, तालिया

ने जो कहा, वह झूठ नहीं; हकीकत है। हर साल उर्स में लाखों रुपया खर्च होता है जो बेकार जाता है। उसी रुपये से हम मदरसा, यतीमखाना नहीं खोल सकते? मुसलमानों का ईमान इतना कच्चा हो गया है कि जिसके घर में खाने को नहीं लड़की की शादी के लिए पैसा नहीं, पर वह उर्स में जरूर जाएगा। यही हाल हिन्दुओं का है। इसीसे तो हम दिन-पर-दिन गरीब होते जा रहे हैं। धर्म और इस्लाम के नाम पर हमसे पैसा लिया जाता है, पर वह पैसा जाता कहां है? आप तीर्थस्थानों पर या मजारों पर जाइए, वहां सैकड़ों भिखारी मिलेंगे। धर्म के नाम पर जो पैसा मिलता है, क्या उससे उन भिखारियों की रोजी-रोटी का जरिया नहीं बना सकते? जब आप लोग उन भिखारियों को पेट-भर खाना नहीं खिला सकते तो फिर यह जो पैसा जमा होता है - जाता कहां है?"

"मौलाना साहब, जावेद की बातों का जवाब दीजिए।" सिद्दीकी साहब ने बातों में रस लेते हुए कहा।

"सिद्दीकी साहब, जावेद साहब का सोचने का ढंग दूसरा है। अगर मन्दिर और मस्जिद में कोई सच नहीं होता तो लोगों की मुरादें कैसे पूरी होती? वहां आदमी को सुकून मिलता है इसीलिए तो लोग उधर दौड़ते हैं।"

"मौलाना साहब, सुकून तो मुझे न मन्दिर में मिलता है और न मस्जिद में। मुझे तो खुले आसमान तले जमीन पर सुकून मिला। खुदा हमारे पास है। हमें उसके पास जाने के लिए न मजारों की धूल चाटने की जरूरत है, न वलियों की सिफारिश की। बड़े अफसोस की बात है। दुनिया कहां-से-कहां पहुंच रही है और अभी आप लोगों को खुदा के पास जाने का रास्ता नहीं मिला। आप भूल रहे हैं मौलाना साहब, खुदा ने कहा है कि शैतान सबसे पहले इंसान को बहकाने फकीर के लिबास में आएगा, और मैं अगर कहूं कि अभी आपके अंदर शैतान बैठा है जो लोगों को बहका रहा है तो बुरा नहीं कह रहा।" जावेद चुप हो गया था।

मौलाना गुस्से से बौखला गए थे। वह अपना झोला लिए उठ गए और बाहर के दरवाजे तक बड़बड़ाते गए।

"वाह जावेद, तुमने बहुत अच्छी बातें कहीं, मैं आज बहुत

खुश हूं। वाकई यह मौलाना लोग शैतान के वेश में हमें बहकाते है, भटकाते हैं।"

जावेद ने घड़ी देखी, तभी बंसी चाय ले आया। चाय पीकर जावेद उठा और सबको आदाब करके बाहर चला गया। तालिया उसे छोड़ने बाहर तक आई।

"मुझे आज लगा, हम दोनों की हर बात मिलती-जुलती है, है न?" तालिया ने कहा।

"हां, खुदा ने हम दोनों को एक ही मिट्टी से और एक ही मूड में बनाया होगा। पर तालिया, यह गड़बड़ कैसे हो गई? दोनों पुतले बदल कैसे गए?"

तालिया की आंखें भीग गई। जावेद ने उसके सिर को थप-थपाया और गेट के बाहर निकल गया। तालिया देर तक वहीं खड़ी आंखों की तराजू में शमीम और जावेद को तौलती रही।

छः

शमीम के कई खत आ चुके थे, पर तालिया जवाब ही न दे सकी थी। शमीम के खत देख उसकी मनःस्थिति कुछ अजीब-सी हो जाती। दो नावों में झूलती तालिया। उसकी समझ में नहीं आ रहा था, क्या जवाब दे। कैसे बताए कि थोड़े दिनों में ही वह कहां-से-कहां पहुंच गई है?

वह खत लिए बैठी सोच रही थी कि सामने से जमीला आती दीखी। बहुत उदास-सी, साड़ी में लिपटी। तालिया ने अब तक जमीला को साड़ी में नहीं देखा था।

"ओह, आज तो अन्दाज ही निराले हैं!"

जमीला ने कोई उत्तर नहीं दिया, चुपचाप कुर्सी खींचकर बैठ गई।

"बता न जमीला, बात क्या है?" तालिया ने शमीम के खतों को उठाकर किताब के बीच दबा दिया और खुद जमीला के पीछे जा खड़ी हुई।

"मैंने सर्विस कर ली है, तालिया!"

"अरे! कब?"

"बस, समझ लो कल से ही जा रही हूं।"

"मगर किस ऑफिस में?"

"ए० डी० जे० के कोर्ट में," जमीला फिर चुप हो गई। इस बार तालिया भी चुप हो गई। उसकी हिम्मत फिर उससे दुबारा कुछ पूछने की नहीं हुई। बस वह चुपचाप खिड़की से गली में जाते खच्चरों को देखती रही।

"घर की हालत तो तूने देखी है तालिया, बिना मेरे काम किए अब गाड़ी नहीं लुढ़केगी। भाई बी० एस-सी० में फिर फेल हो गया। उसने एक पेपर नहीं दिया था, क्योंकि अम्मी को उसी दिन हार्ट-अटेक हुआ था। और अगर भाई पढ़ाई छोड़कर सर्विस करता है तो उसकी पढ़ाई तो जाएगी ही, हम सभी बर-बाद हो जाएंगे। उसीके भरोसे तो हम सभी हैं। अब्बा को मरे इतने साल हो गए, उन्होंने जो छोड़ा था, कब तक पूरेगा?" जमीला चुप हो गई। उसकी आंखें भर आई थीं।

"अच्छा किया जमीला तुमने, भाई के पढ़ने तक तुम अगर घर का खर्च उठा लोगी तो आगे की मुसीबतें कम हो जाएंगी। लेकिन तुम्हारी शादी?"

"जमशेद अगर ठहरा तो भाई की पढ़ाई के बाद; और नहीं तो यह सिलसिला भी खत्म।"

अब तालिया की समझ में आया कि जमीला इतनी उदास क्यों है।

"जमशेद को ठहरने में क्या एतराज हो सकता है? जमीला, वह जरूर तेरा इंतजार करेगा।"

"नहीं तालिया, वैसे ही वे लोग जल्दी कर रहे थे, क्योंकि जमशेद के बाद उन्हें लड़कियों को भी ब्याहना है। जमशेद की अम्मा पुराने खयाल की हैं। अब एक नौकरी करने वाली लड़की उनके घर की बहू नहीं बन सकती," जमीला के इतनी देर के ठहरे आंसू गालों पर लुढ़क पड़े। तालिया की समझ में नहीं आया, उसे कैसे तसल्ली दे।

"फिर तुमने ऐसा फैसला क्यों किया?"

"क्या करती? अपने साथ क्या सात भाई-बहनों की जिन्दगी बरबाद कर देती?"

दोनों चुपचाप बैठी थीं। आसमान पर बदली छाई थी। मौसम बहुत प्यारा लग रहा था। तभी एक छोटा लड़का एक

चिट लेकर आया। चिट शशि की थी। तालिया को उसने डिस्पेंसरी बुलाया था।

"चलोगी जमीला, शशि ने बुलाया है।"

"चलो, ऑफिस की तो छुट्टी है ही।"

"ठहर, मैं अम्मी से पूछकर आती हूं।" तालिया ने लड़के को वापस भेज दिया।

दोनों सड़क पर निकल आई। किशोर-ताल के किनारे वाली सड़क से उतरकर दोनों एक कच्चे रास्ते पर आ गई, जो बसोड़ों के मोहल्ले से होता हुआ मेन-रोड से जाकर मिल जाता है।

बसोड़ों का मोहल्ला इतना गन्दा था कि देखकर घिन आ रही थी। जगह-जगह सूअर और गन्दे बच्चे बिलबिला रहे थे। हर घर में बड़े-से टोकने में बच्चा झूल रहा था।

दोनों शशि की डिस्पेंसरी में पहुंची तो शशि को इन्तजार करते पाया। शशि ने हल्के गुलाबी रंग की बड़े-बड़े फूलों वाली साड़ी पहन रखी थी, जो उसपर खूब फब रही थी। डिस्पेंसरी बहुत बड़ी थी। उसे डिस्पेंसरी न कहकर अस्पताल कहा जाए तो ज्यादा अच्छा है। सामने दो बहुत बड़े-बड़े ऊंचे कमरे थे, जिनमें ऊपर से नीचे तक दवाइयां भरी थीं। सामने वाले कमरे में शशि के पिता बैठते थे। साइड वाले कमरे में शशि बैठती थी। यह कमरा छोटा था।

शशि दोनों को लेकर अन्दर गई। अन्दर वाला कमरा मरीजों की जांच के लिए था। वहीं बड़ी-सी एक्स-रे मशीन रखी थी। शीशे की आलमारी में स्टील के बहुत सारे औजार रखे थे। यहीं शायद ऑपरेशन का भी प्रबन्ध था।

कमरे से लगा बरामदा था, जहां लम्बी-लम्बी चिकें पड़ी थीं। बरामदे के एक तरफ बहुत-सा सामना ठुसा पड़ा था। दो कुर्सियां जोड़कर शेव का सामान रखा था। बरामदे के एक तरफ बाथरूम इत्यादि थे।

तीनों बरामदे के दरवाजे को पार कर पीछे वाले हिस्से में आ गईं, जो नया बन रहा था।

"यह नया अस्पताल होगा, जहां मरीज रह भी सकेंगे। अभी तो घर के आधे हिस्से में ही हमारा पुराना अस्पताल है, वहीं

मरीज रहते हैं।"

तीनों जहां खड़ी थी, वहां छोटा-सा बगीचा था। तरह-तरह के फूल लगे थे। वहीं छोटा-सा एक रूम था, जो शायद शशि का था।

कमरे में ढेर सारी दवाइयों के डिब्बे वगैरह रखे थे। एक तरफ सोफा रखा था। वहीं आलमारी में पुस्तकें, रेडियो, आईना वगैरह रखे थे। टेबल पर पंखा था।

"देखो तालिया, मेरा दोपहर का टाइम इसी कमरे में बीतता है, बस सारी दोपहर किताबें पढ़ती रहती हूं।"

जमीला अभी भी चुप थी।

"शादी की तारीख कब तै हो रही है?"

"कल ही तो तार आया है, शायद डैडी दिल्ली आएंगे। तारीख वहीं तै होगी।"

शशि ने वहीं रखी किताब के नीचे से कुछ खत निकाले, खत सब अंग्रेजी में थे। शशि खत को कहीं-कहीं से पढ़कर सुनाती जाती और हंसती जाती। आज शशि काफी खुश थी। सुबह-सुबह उसे डाक्टर का एक्सप्रेस लेटर मिला था।

"शशिजी, प्यार किसीसे नहीं करना चाहिए। जिन्दगी लंगड़ाती चलती है, है न?" जमीला ने कहा। अचानक जमीला ने क्यों कहा, तालिया की समझ में नहीं आया। शशि एकाएक उदास हो गई। उसकी आंखों में फिर कुछ घुलने लगा। तालिया को आश्चर्य हुआ। उसकी समझ में नहीं आया कि शशि का कौन-सा रूप सच है। शायद दोनों! हर औरत शायद दो रूपों में जीती है। एक वह जो बाहर से दिखाई देता है, दूसरा वह जिसे कोई नहीं देख पाता, इसपर भी वह सती कहलाती है। क्यों?

अन्दर के बरामदे से किसीने शशि को पुकारा। वह उठकर गई, लौटी तो अपने साथ उन दोनों को उठाकर ले गई। वे लोग चाय के लिए जिस कमरे में गए, उसे पहले उन लोगों ने नहीं देखा था। आधे कमरे को घेरे एक गोल मेज थी, जिसके चारों तरफ छः कुर्सियां पड़ी थीं। दीवार से सटा एक बड़ा पलंग बिछा था। पलंग की दाहिनी ओर फ्रिज रखा था।

दोनों जब शशि से विदा लेकर आई तो टाइम काफी हो गया था। दोनों चुप थीं।

"जमीला, क्या शशि किसीसे मोहब्बत करती है ?"

"हां, एक सेनेटरी इंस्पेक्टर है, उससे मोहब्बत करती है। बेचारा गरीब है। उसपर आफिस की कुछ रकम के गबन का मामला चल रहा है।"

"अरे ! क्यों ?" तालिया को आश्चर्य हुआ।

शशि से मिलने दिल्ली जाना पड़ता था, गरीब आदमी पैसा कहां से लाता ? यहां दोनों मिल नहीं पाते, बाप का कड़ा पहरा रहता है।"

"वह रहता कहां है ? यहीं ?"

"हां, किसी दिन तुझे उसका घर और उसे दिखाऊंगी।"

जाने क्यों तालिया उदास-सी हो गई थी और सड़क के दायें किनारे चरती मुर्गी को निहार रही थी।

बाहर कोई बैठा था। उसके जाने के बाद सिद्दीकी साहब अन्दर आए।

"सुनो बेटा, जावेद के यहां लड़का हुआ है।"

तालिया और अम्मी दोनों को ताज्जुब हुआ। जावेद कल दोपहर को ही तो यहां आया था। पर कुछ नहीं बताया। तालिया को इस खबर से कोई खुशी नहीं हुई। उसका चेहरा उतर गया। वह बरामदे की जाली से बिही के पेड़ पर चढ़ती गिलहरी को देखने लगी। उसे याद आया, आज तो जावेद की बहनों की मंगनी थी। वे सब लोग जावेद के घर दावत में जाने वाले थे। वह अभी यह सोच ही रही थी कि सामने साइकल पर जावेद आता दीखा। जावेद बहुत उदास और परेशान-सा था।

जावेद इसी तरफ से अन्दर आ रहा था। उसने थोड़ा घबराकर कमरे में देखा—सिद्दीकी साहब नहाने चले गए थे। तालिया को इत्मीनान-सा हुआ।

"आज आप बहुत परेशान-से दीखते हैं ?".

"हां···हां, तालिया, मैं कहने आया था कि आज दावत में आना है, मंगनी है न," जावेद थोड़ा उसकी तरफ झुका और एक नजर देखता रहा। तालिया को डर लग रहा था कि कहीं जावेद उसे अपनी बांहों में न भर ले, "आओ न बस एक···"

"न···न," तालिया ने अपना चेहरा छुपा लिया।

तभी दूसरे कमरे से अम्मी आती दीखीं, "जावेद, मुबारक हो, लड़का हुआ है। लेकिन फिर यह मंगनी?"

"क्या करें, दावतनामे बंट गए थे, लड़के वाले भी आ गए थे," जावेद फिर उदास हो गया।

"मगर वह यहां आई कब?" तालिया ने बहुत झिझकते हुए पूछा।

"अब्बा कल शाम को अचानक ले आए। अब्बा दावत देने गए थे, जिद करके आ गई। कार से लाना पड़ा। आते ही दर्द शुरू हो गया।" तालिया ने देखा, जावेद का चेहरा बुझा-बुझा-सा था। लग रहा था, वह रात भर सो नहीं पाया है।

सिद्दीकी साहब बाथरूम से आ गए थे।

"भई जावेद, मुबारक हो, अब तो तुम दो-दो बेटों के बाप बन गए। हम ही लोग निकम्मे निकले, एक भी बेटा न हुआ।"

सिद्दीकी साहब के मजाक से जावेद खिसिया-सा गया।

"पर जावेद, यार, कुछ तो फेमिली-प्लानिंग किया करो, तीन साल में दो बच्चे।" सिद्दीकी साहब ने फिर मजाक किया। इस बार जावेद का चेहरा झेंप से लाल हो गया, शायद उसे तालिया के सामने ऐसी बातें अच्छी नहीं लग रही थीं। तालिया उठकर अन्दर चली गई। उसका दिल उदास था।

वह बावर्चीखाने में बैठी रही। अन्दर जाने का उसका मन नहीं हुआ। बंसी सामने से निकला।

"बंसी, मोटर वाले साहब गए?"

"हां, गए।"

तालिया को आश्चर्य हुआ। जावेद कभी उससे बिना मिले नहीं जाता था। शायद वह झेंप गया था।

वे तीनों जब जावेद के घर पहुंचे तो सामने काफी चहल-पहल थी। बसें हटा ली गई थीं। लम्बे बरामदों में दावत का इन्तजाम था। सिद्दीकी साहब बाहर मर्दाने में रुक गए। तालिया और अम्मी जब अन्दर गईं तो सामने सीढ़ियों से जावेद उतर रहा था। तालिया आज बहुत सुन्दर लग रही थी। तालिया ने गुलाबी गरारे, सूट के ऊपर सफेद जड़ाऊ का सेट पहन रखा था। उसके लम्बे बाल पीठ पर फैले थे। जावेद ठिठककर उसके

रूप को निहारता रहा।

"सुब्हान अल्लाह।"

तालिया का चेहरा लाल हो गया था। अब तक सारी लड़कियां जमा हो गई थीं।

"भैया, आज तो भाभी गजब ढा रही हैं।"

"चल, हट!" तालिया ने सबीहा की पीठ पर अपना चेहरा छुपा लिया। जावेद मुसकराता हुआ बाहर मर्दाने में चला गया।

अम्मी नीचे औरतों से बातें करने लगी थी।

"तुम्हारी भाभी कहां हैं?" तालिया ने धड़कते दिल से पूछा।

"ऊपर, चलिए न!" सबीहा ने उसे जावेद के कमरे की तरफ खींचा।

"तो क्या जचकी इसी कमरे में हुई है?"

"हां, भाभी मानती ही नहीं थी, उन्हें घर के दूसरे कमरे पसन्द नहीं हैं।"

"तब तो आपके भइया को बड़ी तकलीफ होती होगी?"

"हां, उन्होंने अपना पलंग साइड के छोटे कमरे में कर लिया है, उसमें भी बाहर आने का दरवाजा है।"

तालिया सबीहा के पीछे कमरे में आ गई तो उसे देख आश्चर्य लगा कि जिस कमरे को वह इतने सुन्दर ढंग से सजा देख आई थी, वही कमरा कबाड़ी का घर बना हुआ था। सोफा, बड़ा पलंग हटा दिया गया था। आलमारियां बेतरतीबी से इधर-उधर रखी थी। दीवारों के शो-केसों से सजावट का सामान हटाकर बच्चे के कपड़े, दूध की बोतल, लोटा, दवा की शीशियां, एक प्लेट में अजवायन, छुहारा, रुई और न जाने क्या-क्या ठंसा हुआ था।

दीवार से लगे पलंग पर जावेद की पत्नी सोई थी, उसके बाजू बिलकुल छोटा-सा बच्चा सो रहा था। तालिया ने देखा—थोड़ा लम्बा चेहरा, सांवला रंग, मामूली कद की औरत थी। उसने हल्के रंग की साड़ी बांध रखी थी। चेहरा एकदम उदास और चेहरे पर जचकी की पीड़ा वैसी-की-वैसी चिपकी थी।

"भाभी, देखो कौन आया है?" सबीहा ने पुकारा। उसने कराहते हुए आंखें खोलीं। तालिया ने आदाब किया, उसने कोई जवाब नहीं दिया, उसे घूरती रही। तालिया पास रखे

स्टूल पर बैठ गई।

"अब कैसी है आपकी तबीयत?"

"तकलीफ तो वैसी ही है," बुझे शब्दों में उसने कहा।

तालिया ने पास से बच्चे को देखा। कितना छोटा-सा था, आंखें बन्द थीं, वह अपनी नन्ही-सी जीभ को बार-बार होंठ के बाहर करता था, दोनों कन्धों को सिकोड़कर वह रोने की-सी मुद्रा बनाता जा रहा था। तालिया का दिल डूबने लगा। वह चाहकर भी खुश नहीं हो पा रही थी।

"कैसा लगा आपको?" सबीहा ने पूछा।

"बहुत ही सुन्दर है।"

"बड़े को नहीं देखा आपने?"

"नहीं तो!"

"ठहरिए, बुलाती हूं," सबीहा बाहर गई। थोड़ी देर में वह सलमा के साथ आई, उसकी गोद में एक डेढ़ साल का बच्चा था। बच्चा गोरा था। गोल चेहरा। आंखें और होंठ जावेद की तरह थे। सफेद मलमल का कुरता उसे खूब जंच रहा था।

"आओ बाबा, हमारे पास!" तालिया ने हाथ बढ़ाया पर बच्चा उसके पास नहीं आया। वह झेंप-सी गई और उठते हुए बोली, "आप आराम कीजिए, मैं नीचे चलती हूं। चलो, सबीहा!"

तीनों बाहर आ गईं। तीनों सीढ़ियों के पार वाले कमरे में चली गईं। यह कमरा लड़कियों का था।

"आप बहुत चुप-चुप हैं, भाभी!"

"ऐं," वह चौंक-सी गई, फिर अपने को संभालते हुए उदासी के घेरे से बाहर आते हुए बोली, "नहीं तो, बस जरा सिर भारी हो गया था···अरे, मैं तो भूल गई, आज तुम दोनों की मंगनी है न? मुबारक हो!"

दोनों शरमा गईं।

"नहीं भाभी, मेरी नहीं, इसकी है," सबीहा ने सलमा की तरफ इशारा किया।

"चल, हट। नहीं, भाभी, मेरी नहीं, इसकी है।" सबीहा ने सलमा की तरफ बात खिसकानी चाही।

"यह भी खूब रही, दोनों एक-दूसरे पर डाल रही हैं। यह

क्यों नहीं कहती, हम दोनों की है।" तालिया ने हंसते हुए कहा।'

तीनों पलंग पर बैठ गईं। कमरा अच्छा खुला और बड़ा था। दीवार की आलमारी में किताबें रखी थीं। खूंटी पर जान-माज टंगा था। पलंग के पास वाली दीवार पर एक बड़ा आईना टंगा था। आईने के नीचे एक लकड़ी की पट्टी कीलों के सहारे टंगी थी, जिसपर कंघा, तेल की शीशी, पाउडर का डिब्बा, काजल की डिबिया इत्यादि रखी थीं। लाल कंघे में बाल फंसे थे, शायद कोई जल्दी में निकालना भूल गया हो।

तालिया ने पैर ऊपर कर लिए, "तो और सुनाइए, कौन-कौन भाया है?"

"क्या सुनाएं? सुबह से हमें ऊपर ही टाग दिया गया है, नीचे जाने की इजाजत नहीं है।"

"उधर से कौन-कौन आए हैं?"

दोनों ने सिर झुका लिया, "हट! हम क्या जाने।"

तालिया हंस पड़ी। उसे एक तरकीब सूझी। उसने सलमा से पूछा, "सबीहा की सास आई हैं?"

"नहीं, सास नहीं, सिर्फ जिठानी आई हैं, और हमारे नये बहनोई और उनके अब्बा, बस।"

सबीहा शरमा रही थी। तालिया ने उसका चेहरा उठाकर कहा, "देखो, बेचारी कितना शरमा रही है। तुम भी बता दो सबीहा, सलमा के कौन-कौन आए हैं, फिर वह भी शरमा जाएगी।"

सबीहा खुश हो गई, "इसके वह आए हैं, और ससुर आए हैं। औरतों में से कोई नहीं आई।"

सलमा ने मुक्का ताना, "चल, हट!"

तालिया के होंठ शरारत से फैल गए। "देखो, कैसी तर-कीब से दोनों के मुंह से सब हाल सुन लिया, है न!"

दोनों ने शरमाकर घुटनों में मुंह छुपा लिया।

तीनों बालकनी में आ गईं, जहां से नीचे आंगन का सारा दृश्य दीखता था। खाट पर दो बुढ़िया बैठी सखैते से सुपारी कतर रही थीं। उन्हींके पास जमीन पर एक औरत बड़ा-सा पानदान खोले पान बना-बनाकर थाल में रखती जा रही थी।

खाट पर बैठी दोनों बुढ़ियों का रंग एकदम साफ था। दोनों के चेहरों पर उम्र की नाजुक उंगलियों ने चुन्नटें भर दी थीं। दोनों ने गरारा पहन रखा था।

"ये कौन हैं?" तालिया ने पूछा।

"पीले दुपट्टे वाली भाभी की अम्मी हैं, दूसरी भाभी की चची हैं।"

तीनों फिर नीचे देखने लगीं। बड़े-से आंगन में बर्तनों का खूब ढेर लगा था। तख्त पर खराब हुए दस्तरखान पड़े थे। बच्चे सारे आंगन में दौड़ रहे थे। बावर्चीखाने में जावेद की दो बहनें मरियम और सोफिया बैठी खाना निकाल-निकालकर तश्तरियों में लगा रही थीं। जावेद और एक लड़का तश्तरियों को ट्रे में रखकर बाहर ले जा रहे थे। जावेद ने पाजामा पहन रखा था। चेहरा बहुत थका-थका लग रहा था। बाहर से नौकर खाली प्लेटें लाकर नल के नीचे रख रहा था, जिसे नौकरानी धो-धोकर टोकने में रख रही थी। बाहर से मर्दों की हंसी और प्लेटों की आवाज मिली-जुली आ रही थी। आंगन के किनारे वाले कमरे में जावेद की दादी तख्त पर बैठी बटुवा सीं रही थी। एक औरत उनका खाना बना रही थी।

"क्या दादी अलग खाना खाती हैं"

"हां, वह अपना अलग खाना पकवाती हैं। उनकी हर चीज अलग है। अब्बा उनका सारा सामान अलग ला देते हैं।"

तालिया को आश्चर्य हुआ। तभी गुसलखाने से निकलती अम्मी ने ऊपर देखा।

"ऊपर दिक्कत हो तो नीचे आ जाओ।"

"नहीं, हम लोग ठीक हैं।"

दोपहर को वह अकेली पलंग पर पड़ी थी कि जावेद कमरे में आया, और साथ वाले पलंग पर लेटते हुए बोला, "ओफ्फो, आज तो काम करते-करते जान ही निकल गई।"

तालिया उठकर बैठ गई, "आपने खाना खा लिया?"

"कहां, अभी तो नहाकर आ रहा हूं, भूख नहीं है। ये दोनों कहां चली गई?"

"आपकी मिसेज के कमरे में गई हैं, उन्होंने बुलवाया है।"

जावेद उठकर उसके पास आ गया। अपनी बांहों में उसे

घेरते हुए बोला, "अब वह आ गई है न, तो बड़ी मुश्किल हो गई है। कल जब मैं आपके पास से लौटा तो वह जाग रही थी, आते ही सवाल करने लगी।"

"तो न आया कीजिए," तालिया ने जावेद की छाती में मुंह छुपा लिया।

"कैसे न आऊं? तुमने तो मेरा सब कुछ गिरवी कर लिया है।" जावेद ने उसे और कस लिया। तभी कुछ आहट हुई। दोनों छिटककर अलग हो गए। जावेद की आंखों में नींद, थकान थी। वह पलंग पर लेट गया। दोनों बांहों से तकिये को घेरकर उल्टा सो गया। थोड़ी देर में बांहों को हटाकर कनखियों से उसे देखते हुए बोला, "आप भी सो जाइए।"

शाम का वक्त था, तालिया और मम्मी लॉन में बैठी थीं। तालिया शशि का इन्तजार कर रही थी। आज दूसरी पहाड़ी पर बने मंदिर पर जाने का प्रोग्राम था। तालिया आज बहुत खुश थी, सामने लम्बी घुमावदार सड़क बल खा रही थी। उसने वहीं बैठे-बैठे देखा, जावेद साइकल पर आ रहा था। जावेद गेट के पास बहुत फुर्ती से आया और पुकारा, "सुनो, तालिया।"

तालिया पास गई। जावेद ने साइकल पकड़े-पकड़े कहा, "तालिया, तुम्हारे खत मिसेज के हाथ पड़ गए हैं, कल बहुत झगड़ा हुआ है घर में। सब नाराज हैं। अभी जा रहा हूं, रात को आऊंगा।"

"ठहरिए न थोड़ा," तालिया का चेहरा फक पड़ गया था।

"नहीं-नहीं, तालिया, आजकल मेरे पीछे अब्बा और छोटा भाई घूमते हैं।" जावेद ने जल्दी से साइकल मोड़ी और चला गया। वह बहुत घबराया हुआ था। तालिया को लगा, वह चक्कर खाकर गिर पड़ेगी। आंखें भर आई।

अम्मी जावेद के यूं जाने पर आश्चर्य में पड़ गई थीं, "क्या बात है, तालिया?"

तालिया लौटकर नहीं आई, वहीं खड़ी रही। आंसू उसके गालों पर से लुढ़क रहे थे। अम्मी परेशान सी बोली, "बता न, तालिया!"

"अम्मी, उसके घरवालों को सारी बातें मालूम हो गई,"

तालिया घूमकर कुर्सी के पास खड़ी हो गई थी।

"क्या ?"

दोनों चुप रहीं। तालिया बराबर सड़क की तरफ देखकर रोती जा रही थी।

"मैं इसलिए कहती थी, खत न लिखा करो, पर तुम दोनों मानते कहां हो! लो, अब बात उनके कानों तक पहुंचने में कितनी देर लगेगी?" अम्मी ने थोड़ी देर की चुपी के बाद कहा। तालिया चुप थी। अम्मी उठकर परेशान-सी अन्दर चली गईं। तालिया कुसी में गिर गई।

सामने से साइकल पर शशि आती दीखी। तालिया ने जल्दी से आंसू पोंछे और अपने को संभाला।

"हलो डियर, क्या हो रहा है?" शशि ने हमेशा की तरह खुश होकर कहा।

"आओ, बस यूं ही," तालिया ने अपनी आंखें शशि से मिलने से बचाते हुए कहा।

"तो चलो, फिर लौटने में देर हो जाएगी।"

"हां, हां," तालिया भी उठ गई। अम्मी भी अन्दर से बाहर आ गई थीं और तालिया को देख रही थीं। तालिया की स्थिति अजीब हो रही थी। घूमने का मन बिलकुल नहीं था। दोनों सड़क पर आ गई और कालेज रोड पर चलने लगीं। यही रोड खजुराहो को जाती थी। गंगऊ की बसें भी इसी रोड से आती हैं। तालिया को उसी रोड पर चलते हुए अजीब लगा। पहले दिन इसी रोड से गंगऊ डैम गए थे। काश! वह न गई होती।

"तालिया, मेरी शादी शायद इसी हफ्ते हो जाएगी।" शशि खुश थी, वह हंसकर दूर बने बंगलों को देख रही थी। पर तालिया से छुपा न रहा कि उसकी आंखें भर आई हैं, और वह हंसी की आड़ में बहुत ही कड़ुवा दुःख का घूंट पी रही थी।

"सच?" तालिया को लगा, वह दुःख प्रकट करे या खुशी।

दोनों चलते हुए, कालेज के इस पार वाले मोड़ से मुड़ गईं। बस्ती दूर होती जा रही थी, इधर बस एक-दो बगीचे थे, और पुलिस लाइन के क्वार्टर दीख रहे थे। शाम बड़ी सुहावनी हो गई थी। आती हुई बसें दूर से मुड़ने पर दीख जाती थीं। शशि ने आज जूड़ा बनाया था जो उसपर काफी जंच रहा था।

दोनों पहाड़ी की सुनसान सड़क पर आ गई थीं। तालिया को यह टोरिया पहली टोरिया से भी अच्छी लगी। दोनों एक चट्टान पर बैठ गई, जहां से मंदिर को जाने वाली पगडंडी थी। दोनों ने मंदिर जाने का विचार त्याग दिया, लौटने में रात हो जाती। दोनों जहां बैठी थीं, वहीं पास में एक वट-वृक्ष था। उसके तने जमीन में गड़कर खम्भे बन गए थे। ऊपर पेड़ पर कौवों का शोर काफी बढ़ गया था। यहीं से बैठे-बैठे महल के सामने वाला तालाब और घाट दीख रहे थे। तालाब के बीचो बीच मंदिर बना था। बुन्देलवंश के राजाओं की राजधानी थी, इसलिए यहां जगह-जगह मंदिर और सुन्दर-सुन्दर तालाब हैं। यहां की गलियां भी संकरी और घुमावदार हैं।

दोनों देर तक वट के वृक्ष पर होते कौवों के शोर को सुनती रहीं। आज दोनों उदास थीं। दुःख दोनों में बराबर था, पर एक-दूसरे से छुपा हुआ था।

मंदिर से लौटते हुए इक्का-दुक्का लोग भी बन्द हो गए थे। मंदिर में आरती हो रही थी। शशि ने यहीं से हाथ जोड़ दिए, जब उसने आंखें खोली तो वह लाल हो गई थी।

"तालिया, हम हिन्दुस्तानी लड़कियां कितनी बदनसीब होती हैं! हर लड़की मोहब्बत का पेड़ लगाती है, पर उसमें फूल लगने वाले ही होते हैं कि वह दूसरे से बांध दी जाती हैं, ठीक अवसर पर उसे उन्हीं फूलों की माला पहनाई जाती है। कितने बेरहम हैं ये लोग!"

"शशि, हमारा समाज ही ऐसा है! हमसे अधिक स्वतंत्रता तो जंगलों में रहने वाले आदिवासियों को है।"

शशि वहीं चट्टान पर लेट गई थी और आसमान की तरफ देख रही थी, जहां सिर्फ एक चील पंख फैलाए उड़ रही थी।

"शशि, मान लो, एक लड़की शादीशुदा है और किसीसे प्यार कर बैठती है, बाद में यह राज सब पर खुल जाता है तब उसे क्या करना चाहिए?" तालिया ने सहमते हुए पूछा।

शशि उठ गई, "तालिया, मैं समझती हूं, शादी के बाद ऐसा नहीं करना चाहिए, यह लड़की की बेवकूफी है। वह अपने साथ-साथ चार जिन्दगियां नष्ट करती है।"

"शशि," तालिया ने दुःख-भरी आंखों से देखा।

"हां, तालिया, एक औरत होकर दूसरी औरत पर जुल्म करना क्या अच्छा है? हो सकता है, उसके बच्चे भी हों! बच्चों से उसका बाप छीनना कहां की अक्लमंदी है?"

तालिया की आंखें छलछला आई। शशि ने बिना आश्चर्य के उसे देखा।

"मगर तुम रो क्यों रही हो? वह कौन औरत है?"

"कोई नहीं, यूं ही पूछ रही थी," तालिया ने शशि की तरफ देखा और वह यह जानकर सहम गई कि शशि को उसकी और जावेद की सारी कहानी मालूम है।

तालिया, जिन्दगी का सुख किसीका जीवन उजाड़ने में नहीं, बनाने में है।"

तालिया चुप हो गई थी। उसके चेहरे से लग रहा था कि वह लम्बी बीमारी से उठकर आई है।

"शशि, कभी-कभी मेरे पेट में दर्द होने लगता है।"

"क्यों?"

"एक बार एक डाक्टर ने जांच करके कहा था कि अन्दर कहीं फोड़ा हो गया है। काफी दवाइयां खाईं, मशीन से भी सुखाने का प्रयास किया गया पर वह नहीं सूखा, इसी कारण मैं मां बनने से वंचित रह गई। लगता है, कहीं वह ज्यादा न बढ़ जाए।"

शशि को दुःख हुआ। पर वह चुप रही।

"शशि, कहीं कैन्सर तो नहीं हो जाएगा?"

"नहीं-नहीं, कैसी बातें करती हो!" शशि चुप हो गई, पर जाने क्यों वह मन-ही-मन सहम-सी गई थी।

अंधेरा बढ़ रहा था। दोनों सड़क पर आ गई। सड़क के किनारे की बत्तियां जल गई थीं। दोनों जब आ रही थीं तो भीतर दुःख और बढ़ गया था। अपने-अपने विचारों में खोई दोनों चल रही थीं। बीच-बीच में शशि घूमकर दूर अंधेरे में किसी को खोज लेती।

सात

जावेद अब कम आने लगा था। कभी-कभी तो दो-दो दिन

बाद आता, वह भी बहुत कम वक्त के लिए, घबराया-सा।

तालिया का चेहरा धीरे-धीरे पीला पड़ता जा रहा था। लगता था, अन्दर-ही-अन्दर कोई चीज उसे खाए जा रही है। हर समय चौकी-चौकी-सी रहती। ज्यादा समय वह कमरे में बिताती या जमीला का इन्तजार करती रहती। जमीला आफिस जाते हुए बहुत कम समय के लिए आती।

अम्मी तालिया की हालत से बहुत दुखी थीं। वह रोज दोपहर को बंसी को जावेद के घर भेजतीं, या मोटर-स्टैंड भेजतीं, जहां जावेद गाड़ी छोड़ने आता था। पर तालिया रोज बरामदे की जाली से देखती, बंसी निराश होकर लोटता। जावेद उसे मिलता ही नहीं था। अम्मी बौखलाई-सी कमरों में घूमती रहतीं। तब···तब तालिया को अम्मी से इतनी घृणा होती, लगता उसका वश चले तो उन्हें मार डालती। क्या गंगऊ में जावेद को छूट देने में अम्मी का हाथ नहीं था? वह जान-बूझकर आंखें बन्द कर लेती थीं, क्यों? क्या कोई मां अपनी आंखों के सामने यह सारा तमाशा होते देख सकती थी? अम्मी ने ऐसा क्यों किया? रात को जावेद का आना और अम्मी का उसे उठाना, फिर बरामदे में खड़े होकर पहरा देना, क्या उन्होंने वह सब जानबूझकर नहीं होने दिया? दोनों अम्मी की शह पाकर ही नहीं बढ़ते गए?

अम्मी आज भी बरामदे में टहलकर जावेद का रास्ता देख रही थीं। तालिया देर तक उन्हें देखती रही।

"अम्मी, अब खुदा के लिए अपना यह नाटक बन्द करो।"

अम्मी चौंक गईं, बहुत ही जले हुए शब्दों में बोली, "क्यों, उसे मैं यूंही छोड़ दूंगी? तेरी वहां शादी होगी, या उसे यह रिश्ता निभाना होगा।"

तालिया कड़वी हंसी-हंसी, उसकी आंखों में क्रोध और घृणा तैरने लगी," आपकी मर्जी से यह सब हुआ, आप मां नहीं, जल्लाद हैं।"

"हां, हां, अब तो बोलेगी, पहले दोनों खुशामद करते थे। मुझे क्या मालूम था, वह धोखेबाज निकलेगा। मैंने तो सोचा था, तेरी गोद भर जाती, बस।"

"क्या? कैसा बच्चा?" तालिया क्रोध में बावली होकर

चीख पड़ी। वह अन्दर आ गई। पलंग पर गिरकर छटपटाने लगी—ओह! तो अम्मी ने उसे इसलिए छूट दी थी? यह सब क्या हुआ? तालिया को लग रहा था, वह एक सपना देख रही थी। खुली आंखों का सपना!

"तालिया, सब्र से काम लो। लोगों को मालूम होगा तो वे क्या सोचेंगे?"

"क्या सोचेंगे? मैं क्या करूं जमीला, मेरी आंखों की खिड़की से कोई भी झांककर मेरी जिन्दगी की मजार देख सकता है। मैं क्या करूं, तू बता? आह! खुदा ने यह कैसा मजाक किया, पल-भर की हंसी देकर रुला दिया!" तालिया की आंखों से आंसू बहने लगे थे।

जमीला गुमसुम-सी हो गई थी। तालिया का दुःख उससे देखा नहीं जा रहा था।

"क्या करूं जमीला, आंखें बन्द करती हूं तो वही सब नजर आता है। यह सब तेरी और अम्मी की वजह से हुआ। मुझे तुम लोग जावेद के पास छोड़ क्यों जाती थी?"

"तालिया, हमें क्या मालूम था? मैं तो सोचती थी कि तुझे खुदा ने कोई खुशी नहीं दी, चलो ऐसे ही थोड़ी खुशी मिल जाएगी, थोड़ा हंस लेगी।"

"हंह, खुशी? मैं पहले अच्छी थी, जमीला, आज से ज्यादा खुश थी, बहुत खुश। बोल, अब किस मुंह से अपने घर जाऊं, कैसे शमीम को तसल्ली दूंगी, जो मेरे ही गम मे घुल रहा है?" तालिया घुटनों में सिर दिए रोने लगी।

तालिया, जावेद से क्या 'बातचीत' की हद तक बात बढ़ गई थी?"

"हां, जमीला हां, वरना में इतना क्यों कलपती? बोल, अब मैं क्या करूं? अम्मी ने मेरा सारा सुख छीन लिया।"

"तालिया, बस करो, मत रोओ, मेरा भी दिल भरा आ रहा है।

"रो कहां रही हूं, जमीला! यह तो मेरी रूह की मइयत के गुसल का पानी है, जो मेरी आंखों की नालियों से बह रहा है।"

तालिया ने अपनी आंखें ढांप ली। जमीला भी रोने लगी।

टूटी कब्र पर एक गिलहरी उतरकर दौड़ रही थी। कभी वह टूटी दरार के अन्दर चली जाती, कभी फिर बाहर झांकने लगती।

शाम को टेबल पर बैठे सब नाश्ता कर रहे थे। तालिया जिस कुर्सी पर बैठी थी, वहां से सामने का दरवाजा दीखता था। एक ग्यारह-बारह साल का लड़का दरवाजे पर खड़ा था। तालिया को पहचानते देर नहीं लगी, वह जावेद का भाई था। तालिया सिर से पैर तक कांप गई। वह उठी और लड़के के पास जाकर पूछा, "क्या बात है ?"

लड़के ने उसकी बात का उतर नहीं दिया और हाथ की चिट्ठी सिद्दीकी साहब के सामने रख दी।

"देखो तो तालिया, किसकी चिट्ठी है, मेरा चश्मा यहां नहीं है।" सिद्दीकी साहब बोले।

तालिया की सांस अटक गई। सारा खून जम-सा गया था। वह सिर से पैर तक कांप रही थी।

कांपते हाथों से उसने चिट्ठी उठाई। खोली तो लगा, वह चक्कर खाकर गिर पड़ेगी।

"क्या लिखा है ?"

"जी···जी···सलमा ने कशीदाकारी की किताब मंगवाई है।" तालिया लड़के की तरफ घूम गई, "जाओ, बाद में भेज देंगे।"

लड़का चला गया। तालिया अपने कमरे में आ गई। उसका सारा शरीर पसीने से लथपथ था। खत में लिखा था : 'तालिया,

हमारे पास तुम्हारे खत हैं, मिस्टर जावेद के खत भी तुम्हारे पास होंगे, तुम सारे खत इस लड़के के हाथ भेज दो, वरना तुम्हारे खत तुम्हारे अब्बा के पास भेजे जाएंगे।'

अम्मी भी पीछे आकर खड़ी हो गई थीं। तालिया ने खत मम्मी को दे दिया। वह भी सन्ना गईं।

"तालिया, वहां जाना पड़ेगा, वरना वे लोग बात को और तूल देंगे।" अम्मी ने कहा।

"मगर मैं कैसे जाऊं ? क्या कहूंगी ?"

"मैं भी साथ चलूंगी।"

अम्मी चली गई। तालिया छटपटाती रही। रह-रहकर उसका शरीर कांप उठता था।

दूसरे दिन दोपहर को तालिया ने जमीला को भी बुला लिया। जमीला ने दफ्तर से छुट्टी ले ली।

वे तीनों जब जावेद के घर गई तो एक बज रहा था। जुम्मे का दिन था।

तांगा गेट पार कर अन्दर गया तो खाली बरामदा भांय-भांय कर रहा था। चारों तरफ दोपहर का सन्नाटा था। वे लोग अन्दर गईं। आंगन से लगे कमरे में जावेद की अम्मी मिलीं। अम्मी उनसे बिना कुछ बोले सीधे ऊपर चली गई, जावेद के कमरे में। उन्हें उम्मीद थी कि ऊपर जावेद होगा तो उसे अच्छी फटकार बताएंगी।

तालिया और जमीला दोनों नीचे रह गई। जावेद की अम्मी कमरे में थीं। वे दोनों वहां गई।

"कहां हैं मेरे खत ?" तालिया ने कड़कते हुए पूछा।

"सब ठीक से रखे हैं, तुम फिक्र न करो !"

"हैं तो दिखाइए, यों ही किसीको बदनाम करने से क्या फायदा ?"

"अरे, वाह ! उल्टा आंखें तरेर रही है? ठहर, दिखाती हूं" जावेद की अम्मी गुस्से से बोलों, और अन्दर से तिजोरी खोलकर तालिया के खत ले आई। जैसे ही उन्होंने खत सामने करके नचाए, "ले, देख," वैसे ही झपटकर जमीला ने खत छीन लिए और उनके टुकड़े-टुकड़े कर दिए।

जावेद की अम्मी गुस्से से बौखला गईं, "क्यों फाड़े खत? क्यों फाड़े ! कमीनी ! ऊंचे घर की लड़कियां बनती हैं? मेरे बेटे को फंसाना चाहती थीं?" गुस्से से वह तमतमा गई थी और चीख रही थीं।

दोनों सकते में आ गई और बरामदे की तरफ निकल आई।

कार से जोर-जोर से बातें करने की आवाजें आ रही थीं। दोनों ऊपर गईं। कमरे में जावेद की बीवी पलंग पर बैठी थी, वहीं सबीहा थी। दोनों बच्चे सो रहे थे। अम्मी जावेद की बीवी को समझा रही थी पर वह भड़कती ही जा रही थी।

दोनों कमरे में गई तो जावेद की बीवी ने बड़ी ही घृणा से तालिया को देखा। जावेद की पत्नी क्रोध में चिल्ला रही थी। तालिया और जमीला दरवाजे से लगी खड़ी रहीं। बात संभल ही नहीं रही थी।

"चलिए अम्मी, चलिए।" तालिया ने कहा।

"क्यों, भाग क्यों रही है? बैठ, मेरा आदमी नमाज़ से आता ही होगा। इश्क नहीं करेगी!"।

तालिया घबरा गई। वह बाहर आ गई। जमीला भी पीछे-पीछे निकल आई। तालिया सीढ़ी पर पर रखने जा रही थी कि उसने देखा, नीचे आंगन में जावेद खड़ा था। सलमा उसे ऊपर हाथ दिखा-दिखाकर कुछ बता रही थी। जावेद की पीठ सीढ़ियों की तरफ थी। उसने सफेद पाजामा और कमीज पहन रखा था। सलमा की बात खत्म होते ही जावेद बाहर चला गया।

जावेद को जमीला ने भी देख लिया था। दोनों अभी सकते की स्थिति में थीं, कि अम्मी बाहर आई। तीनों सीढ़ियां उत्तर गई।

पीछे से जावेद की पत्नी के शब्द कानों में टकराए, "भाग रही हैं, इश्क किए बिना भाग रही हैं!"

तालिया गुस्से से तिलमिला गई। जमीला उसकी स्थिति समझ रही थी। उसका हाथ पकड़कर जबर्दस्ती उसे बाहर की तरफ खींचने लगी।

आंगन पार कर वे लोग गलियारे में आए। गलियारे से लगे कमरे में पलंग पर जावेद लेटा था। चेहरे को उसने कोहनियों से ढांक रखा था। तालिया ठिठक गई। जो चाहा, उसे झिंझौड-कर उठा दे। पर फिर वह आगे बढ़ गई। गनीमत रही कि अम्मी ने उसे नहीं देखा।

तीनों तांगे में बैठ गई। तीनों के मुंह अपमान से तमतमाए थे।

"मैं इसीलिए कह रही थी कि वहां जाना ठीक नहीं," तालिया ने खीझ-भरे शब्दों में कहा।

अम्मी चुप थीं। तांगा सड़क पर दौड़ रहा था। घोड़े के पैरों की टप-टप तालिया के कानों को कुरेद रही थी।

अब तालिया का वक्त काटे नहीं कटता था। उसने हर जगह जाना-आना छोड़ दिया था। सारी-सारी दोपहर वह अकेली पथराई-सी बैठी रहती। तालिया की आंखों के सामने धुन्ध छंट गई थी। शमीम के खत आते थे। तालिया के लिए दिल बहलाने को अब यही खत रह गए थे।

वह रोज इन खतों का इन्तजार करती। तालिया के मन में अपने प्रति इतनी घृणा भर गई थी कि उसे अपने से ही नफ-रत हो गई थी। उसकी आंखों के सामने हर वक्त रात के अंधेरे में किए गुनाह आ खड़े होते और उसका खून सूख जाता। तालिया धीरे-धीरे उसी कठघरे में बंध गई थी जिसमें पहले थी। अम्मी की सारी प्लानिंग बेकार हो गई थी। उन्होंने यही सोचा था कि तालिया जावेद के बच्चे की मां बन जाएगी और तालिया की जंग-खाई जिन्दगी फिर चमक उठेगी। उन्हें क्या मालूम था कि डाक्टर ने शमीम में नहीं, खुद उसमें ऐब निकाले थे। शमीम तो ठीक था।

दिन कछुए की चाल से खिसक रहे थे। शशि के ब्याह के दिन पास आ रहे थे। घर में तैयारियां हो रही थीं और शशि घबराई-सी तालिया के घर दौड़ आती। दोनों सूनी सड़कों को नापतीं। तालिया की इच्छा घूमने की बिलकुल नहीं होती पर तालिया यही सोच निकलती थी, शायद भूले-भटके जावेद की शक्ल दीख जाए।

पर जावेद कहीं नहीं दीखता था और अब वह भी शशि की तरह चकराई-चकराई पलटकर किसीको ढूंढ़ती रहती।

शशि इधर काफी दुबली दीखने लगी थी। वह बहुत उदास-सी रहती। शशि अब बातें भी कम करती। दोनों टोरिया घूमने जाती तो मस्जिद के चबूतरे पर या मन्दिर की सीढ़ियों पर घंटों चुप बैठी रहतीं। घंटों डूबते सूरज को निहारती रहतीं।

पर यह अधिकार भी उनका एक दिन छिन गया। शशि की शादी का पास आता दिन एक दिन बगल से निकलकर चला गया और तालिया ने पाया कि इस बस्ती में अब वह काफी अकेली रह गई है। जमीला अपनी नौकरी में रहती और बहुत कम आती, पर एक दिन वह धीरे से आकर खबर दे गई कि शशि के प्रेमी को जेल हो गई। तालिया न जाने क्यों और कहां

से बीच से चिरकर रह गई।

आठ

तालिया बरामदे में खड़ी थी। उसके हाथ में फिल्मफेयर का नया अंक था। उसने दूर से तारवाले को लाल साइकल को गेट के पास आकर रुकते देखा। उसे थोड़ा विस्मय हुआ। लिफाफा लेकर उसने खोला। शमीम का तार था। वह शाम की बस से आ रहा था।

जाने क्यों उसका मन बुरी तरह धड़कने लगा। तार लिए वह अन्दर आई। सिद्दीकी साहब कपड़े पहनकर कहीं बाहर जा रहे थे। तालिया ने तार उनके सामने टेबल पर रख दिया। सिद्दीकी साहब तार पढ़कर थोड़ा चकराए। वह अभी तालिया को भेजना नहीं चाहते थे।

तालिया आंगन में आ गई और जाली के पिंजरे में छोटे-छोटे मुर्गियों के चूजों को चरते देखने लगी। नन्हे-नन्हे बच्चे रंगीन रूई के फाहे जैसे लग रहे थे। तालिया का मन घबराने लगा। उसकी इच्छा होने लगी, काश, जमीला आ जाती! पर आज तो उसका ऑफिस था। तालिया को समय बहुत भारी और उदास लगा।

दोपहर को तालिया पलंग पर पड़ी सुबकती रही। शमीम का एकाएक आना उसे झिंझोड़ रहा था। अभी तो वह जावेद के दिए धक्के से संभल भी नहीं पाई थी।

अम्मी भी परेशान थीं। उन्हें सबसे बड़ा गम यह लग रहा था कि तालिया चली जाएगी।

सारी दोपहर तालिया पलंग पर पड़ी, अपने को शमीम का सामना करने के लिए तैयार करती रही। उसे इतना भी होश न था कि हमेशा की तरह आज भी वह शमीम के स्वागत के लिए तैयार हो जाए, कंघी कर ले, मुंह-हाथ धो ले।

बरामदे में हलचल हुई। तालिया समझ गई कि शमीम आ गया है। जबलपुर से बस ठीक चार बजे आ जाती है। तालिया के मन में दर्द होने लगा। शमीम का सामना करने की उसकी हिम्मत नहीं हो रही थी। वह असमंजस में पड़ी रही कि तभी

उसने शमीम को अपनी तरफ आते देखा। शमीम की दाढ़ी हल्की-सी बढ़ गई थी। फुलपैंट और बुश्शर्ट पर सिकुड़नें पड़ी थीं।

शमीम करीब आ गया था। तालिया अजीब मानसिक परि-स्थिति में फंस गई थी। उसका मन भागने का हो रहा था। तालिया का गला भर आया। एक जी चाहा, शमीम से लिपट जाए और उसके पैरों पर लोटकर अपने से बंधी गुनाह की रस्सी खोल दे।

'तालिया, यह तुमने क्या हालत बना रखी है? जैसी छोड़ गया था, तुम तो उससे भी ज्यादा उजड़ी लग रही हो!" शमीम ने तालिया को सीने से लगाते हुए कहा।

शमीम की छाती से लगते ही तालिया का मन विद्रोह कर उठा। आह, वही पुराना सब! मगर इन्हें क्या पता कि क्या-क्या हो गया है? तालिया की आंखें बरस उठी, "आप मुझे क्यों यहां छोड़ गए? खुदा बहुत बेरहम है, बहुत बेरहम!" तालिया रो रही थी। शमीम उसके सिर को थपथपाता रहा।

"मुझसे नाराज हो, तालिया? मुझे लेने बस-स्टैंड नहीं आई, न दरवाजे तक।"

तालिया चुप रोती रही। तभी बंसी ने आकर कहा, "पानी बाथरूम में रख दिया है, साहब!"

"आता हूं," शमीम ने फिर तालिया को देखा, "तुमने मेरी खैरियत भी नहीं पूछी, इतने दिन बाद लौटा हूं।"

तालिया जैसे चलते-चलते दीवार से टकरा गई हो। सहम-कर शमीम को देखा, "जी, माफ करिए।"

शमीम हंस पड़ा, "अच्छा, ये आंसू पोंछ लो तो मैं नहा लूं।"

शमीम बाथरूम में चला गया। तालिया को याद आया, उसे शमीम को कपड़े देने चाहिए। वह उसके सूटकेस की तरफ बढ़ी। सूटकेस खोलते ही उसका दिल फिर भर आया, वही पुरानी चीजें, जिन्हें वह रोज छूती थी।

सिद्दीकी साहब शायद फिर किसी काम से निकल गए थे। अम्मी बावर्चीखाने में नाश्ता तैयार कर रही थीं। शमीम बाथ-रूम से निकल आया था।

"क्या देख रही हो, तालिया?" शमीम ने तौलिया कुर्सी

की पीठ पर डालते हुए पूछा।

"जी, कुछ तो नहीं···" तालिया एकदम चौंक गई थी।

धूप उतर रही थी। जमीला ऑफिस से सीधे यहीं आ गई थी। नाश्ते के लिए सब मेज पर बैठे थे। सिद्दीकी साहब शमीम से राजनीति पर बातें कर रहे थे। अम्मी भी बड़े ही सहज भाव से बातों में शामिल थीं। जमीला ने अपने परिचित अन्दाज से शरारतें शुरू कर दी थीं। तालिया आश्चर्य से देख रही थी। वही वातावरण, कहीं कुछ टूटा न लगता था। सबोंने जैसे अपने को झाड़-पोंछकर साफ कर लिया हो

तालिया चुपचाप बैठी देखती रही। उसे अच्छा नहीं लगा। ओह, आदमी भी कैसा बनावटी जानवर है!

तालिया को अम्मी को देख खीझ हो रही थी। वह कितने सहज भाव से शमीम से बातें कर रही थीं! कीमे के समोसे शमीम को बहुत पसन्द हैं, वे ही उसके लिए बने थे। तालिया की अम्मी के प्रति घृणा तेज होने लगी—आह, यह औरत कितनी मक्कार है! अगर शमीम को सारी बातें मालूम हो जाएं तो? सोचते-सोचते तालिया को घबराहट होने लगी। जावेद की पत्नी को जब मालूम होगा कि शमीम आया है तो वह जरूर कोई न कोई गुल खिलाएगी। तालिया उठकर बरामदे में आ गई, जहां बंसी चुपचाप बैठा था। तालिया उसे देर तक देखती रही।

"बंसी, मोटर वाले साहब फिर तो नहीं मिले?"

"नहीं, बाई, मैं तो रोज मोटर-स्टैंड पर जाता है उन्हें देखने।"

तालिया को आश्चर्य हुआ। बंसी क्यों रोज बस-स्टैंड जाता है? "कौन भेजता है तुम्हें?"

"जी, बड़ी बाई।"

तालिया चुप हो गई। तो अम्मी ने अभी जावेद का पीछा नहीं छोड़ा है? आखिर अब वह चाहती क्या हैं?

शाम को तालिया, शमीम और जमीला तीनों टोरियां घूमने गए। शमीम काफी प्रसन्न था। तालिया ने उसके भूड से समझ लिया कि वह एकान्त ढूंढ़ रहा है। जमीला, शमीम से दुनिया-भर की बातें पूछ रही थी। टोरिया पर वही पुरानी

हलचल थी। तीनों मस्जिद के पीछे वाली चट्टान पर बैठ गए और आममान को और नीचे फैले खेतों को देखने लगे।

"तालिया, कोई बात करो न। तुम तो वैसी ही उजड़ी-उजड़ी-सी हो," शमीम ने तालिया को देखा।

तालिया धीमे से मुसकरा दी। वह गुनाह करके शमीम के प्रति इतनी नर्म पड़ गई थी जितना एक मुल्जिम जज के सामने हो जाता है। उसके मन में एक ही बात चक्कर काट रही थी कि उसने शमीम के प्रति अन्याय किया है, वह गुनहगार है, जिसकी सजा मरने पर तो मिलेगी ही, जीते-जी भी मिलेगी।

अचानक बिना किसी पूर्व-भूमिका के तालिया ने शमीम से पूछा, "आप एक बात बताएंगे?"

"क्या?"

"मान लीजिए, एक मुसलमान शादीशुदा लड़की है, वह मायके आती है, और उसका किसी दूसरे आदमी से, जो दो बच्चों का बाप है, सम्बन्ध हो जाता है। दोनों इतना बढ़ जाते हैं कि वह लड़की अपना जिस्म भी उसे सौंप देती है। बाद में दोनों के रिश्ते टूट जाते हैं। लड़की अपनी ससुराल आती है तो यह बात उसे पति को बतानी चाहिए या नहीं? उसके गुनाह की क्या सजा होनी चाहिए?" तालिया बोलते-बोलते घबरा-सी गई थी।

शमीम कुछ देर सोचता रहा, फिर बोला, "पहले तो उस लड़की को ऐसी हरकत नहीं करनी चाहिए थी; क्योंकि लड़की शादीशुदा है और जिस्म के ताल्लुक को समझती है। वह कुंआरियों की तरह नादान नहीं। दूसरे, वह अपने साथ-साथ दूसरी औरत की जिन्दगी भी खरब कर रही है, क्योंकि वह आदमी बच्चों को छोड़ उसके पास तो आ नहीं पाएगा। फिर आदमी का कुछ बिगड़ता नहीं। सब तरफ से लड़की ही गुलहगार सिद्ध होती है। रही पति को बताने की, सो वह व्यक्तिगत है। वैसे मेरे विचार से बता देना चाहिए। पर पति यदि उदार न हो और पत्नी को माफ न कर सके तो यह सच है कि एक अपराध के लिए उसका सारा जीवन नष्ट हो जाता है।"

तालिया सारी बातें सुनकर कांपने-सी लगी। अंधेरा होने लमा था। तालिया का दिल बुरी तरह डूबने लगा था। उसकी

आत्मा जिब्ह की जा रही मुर्गी की तरह तड़फड़ा रही थी। जमीला चुप थी। तालिया ने अनुमान लगाया कि वह उससे नाराज है। शमीम भी चुप हो गया था। उसे खेद था कि उसने ऐसी अप्रिय बात क्यों छेड़ी। अपने साथ-साथ दूसरों को भी दुःखी बनाना कहां की अक्लमन्दी है?

तीनों लौट रहे थे। सड़के सुनी हो गई थीं। टोरिया पर एक भी आदमी दिखाई नहीं दे रहा था।

तीनों जब वापस घर आए तो लॉन में ही अम्मी वगैरह बैठे मिले। शमीम और जमीला वहीं बैठ गए। तालिया बाथ-रूम के बहाने अन्दर खिसक आई। अन्दर बंसी बिस्तर लगा रहा था। तालिया के कमरे में शमीम का बिस्तर भी लगा था। अपने कमरे में दो पलंग बिछे देख तालिया को नया-नया-सा लगा। वह देर तक दोनों पलंगों को देखती रही। वह पवित्र नहीं रही, जूठन हो गई है। उसका दिल भर आया। वह मेज पर सिर रखकर फफक उठी, "खुदाया! रहम कर! कितने इम्तहान ले रहा है? मैंने गुनाह किया है, मैं गुनहगार हूं। पर शमीम? खुदा, मेरे गुनाहों की सजा शमीम को न देना। अल्लाह! मुझे उठा ले। बेगुनाह को सजा क्यों देता है?"

जमीला अन्दर आई, तालिया चुपचाप गुमसुम-सी बैठी थी। जमीला दरवाजे पर ठिठक गई। जमीला को तालिया की स्थिति पर तरस आया। कमरे में तालिया ने लाइट नहीं जलाई थी। दूसरे कमरे की लाइट का उजाला यहां भी आ रहा था। तालिया जहां बैठी थी, लाइट वहां तक नहीं पहुंच रही थी। पर जमीला ने अनुमान लगा लिया कि तालिया रोकर चुकी है।

"तालिया, जिन्दगी बहुत मुश्किल है, जाने कितने रोल यहां अदा करने पड़ते हैं। मोहब्बत करना जुर्म नहीं, बेकार अपने को गुनहगार मत समझो।"

"जमीला, शायद तुम ठीक कहती हो। मगर तुम यह क्यों भूलती हो कि जिसे पहले हम मोहब्बत के नाम से पुकारते हैं, उसीको बाद में गुनाह का नाम दे देते हैं।"

जमीला थोड़ा अचकचाई और चुप हो गई। दोनों देर तक अंधेरे में चप बैठी रहीं।

"तालिया, काफी देर हो गई है, मैं चलूं।"

"खाना खाकर जाना, जमीला!" तालिया को जमीला का जाना बुरी तरह खल रहा था।

"नहीं तालिया, वैसे ही खालाजान ने शाम को ढेर सारा नाश्ता खिला दिया है, पेट में गुंजाइश नहीं है, फिर देर भी काफी हो गई है।"

जमीला चलने के लिए उठी। दोनों ने मौन विदा ली। किसीने किसीसे कुछ नहीं कहा। पर इस मौन में ही जैसे दोनों ने एक-दूसरे से काफी कुछ कह दिया। सहानुभूति दी-ली।

रात को तालिया ने महसूस किया, शमीम उसकी तरफ पलटा है। बहुत धीरे से वह तालिया के पलंग पर आ गया। तालिया का सारा जिस्म एकबारगी ही पर्स ने से भीग गया।

"तालिया, तुम्हें मेरी याद आती थी? मैं तो तुम्हारी याद में रोज करवटें बदलता था। सारी-सारी रात जागकर काट देता था।" शमीम बहुत भावुक शब्दों में कह रहा था, "तुम्हारी वहां सब बहुत याद करते हैं। तुम्हारा घर तुम्हारी राह देख रहा है। हां, तुमने जो खरगोश के बच्चे पाले थे न, उनमें से एक मर गया। मैंने खत में इसलिए नहीं लिखा कि तुम्हें गम होगा।"

शमीम बोल रहा था और तालिया अंधेरे में पड़ी सोच रही थी—उसका घर, मेरा घर खरगोश का जोड़ा। आह! इतने दिनों में उसने एक बार भी इन्हें याद नहीं किया। क्यों नहीं किया, आह! अल्लाह, उसे यह सब याद क्यों नहीं आया? मेरा घर, मेरा घर···

शमीम बहुत प्यार और स्नेह से उसके गाल सहला रहा था। कभी वह उसके गालों को चूमने लगता, कभी उसके हाथ सहलाता, कभी प्यार से उसे लिपटा लेता, वह इतने स्नेह से उसे सहला रहा था कि जैसे कोई मां काफी दिनों बाद लौटे अपने बच्चे को सहलाती है। तालिया शमीम से बचा-बचाकर अपनी आंखों के आंसू पोंछ लेती थी।

अचानक तालिया ने शमीम को कस लिया, "शमीम, मुझे दूर—बहुत दूर ले चलो, मेरा दिल बहुत घबराता है।"

दोनों सब भूलकर एक-दूसरे में डूब गए। तालिया सब

भूल-सी गई थी, अपने गुनाह को, जावेद को, सबको! बस वह शमीम की पत्नी थी, और कुछ नहीं, कुछ नहीं।

तालिया को अपने पर आश्चर्य हो रहा था—जिस क्षण के पास आने से वह इतनी घबरा रही थी, सहम रही थी, वही क्षण कितना चुपचार आया और बिना उसे झिंझोड़े गुजर भी गया! ओह! आदमी कितने बनावटी मुखौटे चढ़ाए जीता है। कोई उसके उस बनावटीपन को उघाड़ दे तो? वे सड़ते-गलते मुख··· उनकी दुर्गन्ध से सांस लेना भी मुश्किल हो जाए।

शमीम शायद सो गया था। और तालिया अंधेरे में; बेबसी के समुद्र में डूबती-उभरती रही।

शमीम की छुट्टियां खत्म होने लगी थीं। तालिया शमीम के साथ जाने की तैयारी कर रही थी। तालिया ने अब बात करना बहुत ही कम कर दिया था। अम्मी से उसे घृणा-सी होती। इधर पूरे एक माह से तालिया ने अम्मी से एकान्त में मिलना छोड़ दिया था, क्योंकि जरा-सा मौका पाकर अम्मी जावेद की बेवफाई की बात छेड़ देतीं, "कहां बचकर जाएगा, मैं उसे सब लोगों के सामने जलील करूंगी!"

और तालिया बुरी तरह घबरा जाती—'ओह! अम्मी यह क्यों नहीं समझती? जावेद को जलील करने का मतलब तालिया की जीते-जी मौत है। तालिया का क्या होगा? शमीम का क्या होगा? दुनिया क्या सोचेगी?' सोचते-सोचते तालिया का दिल छटपटाने लगता।

तालिया की तैयारियां बढ़ती गई। जाने के दिन पास आ रहे थे। अम्मी काफी बेचैन-सी रहती थीं। पर तालिया की आंखों में अब एक भी आंसू नहीं आता। वह खाली आंखों से शाम को सड़कों पर, टोरिया पर, मन्दिर की सीढ़ियों पर, मस्जिद के चबूतरे पर बैठी रहती, मूक मूर्ति की तरह। पहले हर बात पर रोने वाली तालिया अब बिलकुल मौन हो गई थी। सबके प्रति वह कठोर हो गई थी, पर शमीम के प्रति बहुत नरम, बहुत झुकी हुई।

तालिया की आंखों में नफरत का रेगिस्तान फैलता जा रहा था। जावेद की शक्ल उसने पिछले दो माह से नहीं देखी

थी, बस शशि की शादी में पल-भर के लिए ही वह दीख गया था। जावेद के घर से अब कोई नहीं आता था, यमदूत की तरह चिट्ठी लिए आनेवाला वह लड़का भी नहीं। तालिया का जावेद का इन्तजार नहीं था। पर वह उसे एक बार देखना चाहती थी, उससे पूछना चाहती थी, कि उसकी बर्फ-सी सेज पर अंगारे किसने डाले ? यदि उसने तो क्यों ?

जमीला रोज आती, पर तालिया का मन उससे भी नहीं बहलता। बस, हर समय उसके आने गुनाह तलवार की तरह उसकी खाल को तराशते रहते और वह बेबसी से उस तराश को सहन करती रहती। अब तो वह उसकी अभ्यस्त हो गई थी।

जमीला रात को लौटने लगी। तालिया का सारा सामान पैक हो गया था। सुबह सात बजे जबलपुर के लिए बस जाती थी।

जमीला का चेहरा रोते-रोते सूज गया था; पर तालिया की आंखों का रेगिस्तान वैसा ही सूखा पड़ा था।

"तालिया, तू रोती क्यों नहीं? एक बार रो ले तालिया, वरना तू पागल हो जाएगी।"

तालिया ने जमीला की हथेलियों को सहलाते हुए उसकी रोती आंखों में झांका, "जमीला, कब्र में कोई रोया नहीं करता, बल्कि दूसरे लोग जो कब्र पर आया करते हैं, वे रोते हैं, अपने आंसुओं के फूल कब्र पर चढ़ाया करते हैं।"

तालिया ने अपने हाथ को जमीला के हाथों से छुड़ा लिया और मुड़कर जाने लगी, "जमीला, सुबह आओगी न, तुम्हारी तालिया की विदा है।"

जमीला ने कोई जवाब नहीं दिया, उसने जोरों से होंठों को भींच लिया। उसका पूरा चेहरा आंसुओं से भीगा था, "या अल्लाह, इस मेरी तालिया को बचा !"

तालिया की विदा पर सुबह भी रो रही थी। चारों ओर अजीब बुझा-बुझा-सा वातावरण था। सुबह की आंखों से टपके आंसू धरती के गालों पर चटक रहे थे।

तालिया बाथरूम से नहाकर निकली, तो देखा, जमीला भी आ गई है। सिद्दीकी साहब आज बहुत उदास थे। वे चुपचाप

लम्बे सोफे पर पड़े थे। अम्मी कभी बावर्चीखाने में जाती, कभी कमरों में कुछ रखने लगतीं, फिर कुछ हताश-सी तख्त पर बैठ जातीं। शमीम जल्दी-जल्दी शेव कर रहा था।

तालिया और जमीला में कोई बात नहीं हुई, दोनों एक-दूसरे से आंखें चुरा रही थीं।

बस का वक्त हो गया। बंसी सामान गेट के पास रख रहा था, क्योंकि बस बंगले के पास तक आ जाती है।

घर में सन्नाटा था। तालिया अपने को काफी सख्त बना रही थी। वह लोगों से, इस शहर से, इस वातावरण से दूर—बहुत दूर भागा जाना चाहती थी।

हॉर्न की आवाज ने सबको झिंझोड़-सा दिया। सिद्दीकी साहब पहले से गेट के रास चले गए थे, और बंसी से बस में सामान रखवा रहे थे। वैसे बंसी खुद सामान रख सकता है। पर सिद्दीकी साहब तालिया से अपने को दूर करके अपने मन को बहला रहे थे। रोज तालिया को प्यार से थपथपाने वाले सिद्दीकी साहब आज दूर खड़े थे, कहीं बच्चों के सामने भरम टूट न जाए।

तालिया बास्केट लिए सीढ़ियां उतरी तो सामने बंसी खड़ा था। उसने हाथ से बास्केट ले लिया, "बाई, मोटर वाले साहब कभी भी मिलें तो क्या कहूं?"

तालिया ने कोई जवाब नहीं दिया, वह आगे बढ़ी; क्योंकि पीछे अम्मी, शमीम, जमीला आ रहे थे। बसी फिर उसकी तरफ लपका, "यह एक कागज उन्होंने दिया था।"

तालिया ने कांपते हुए कागज ले लिया, कागज की एक चिंदी थी। उसमें सिर्फ पांच अक्षर लिखे थे—'खुदा हाफिज!'

तालिया चौंक-सी गई। वह बंसी को पुकारकर पूछना चाहती थी कि और वह क्या बोले; पर तभी पीछे से शमीम पास आ गया था।

तालिया और शमीम के बस में बैठते ही बस स्टार्ट हो गई। दोनों ने जल्दी से आदाव किया। दोनों खिड़की से सिर निकाले पीछे सबको गेट के पास खड़े देखते रहे। जमीला आंसू पोंछते-पोंछते हाथ हिला रही थी। अम्मी और सिद्दीकी साहब चुप खड़े थे। बंसी गेट से टिका खड़ा था।

तालिया के मन में हूक-सी उठी। बस आगे को दौड़ रही

थी। सब पीछे छूट रहा था। तालिया सोच रही थी, अब कभी वह यहां नहीं आ पाएगी। ये लोग, ये गलियां; सब बिछुड़ गए। जाने अब वह इनसे मिल पाएगी भी या नहीं? वह अब लौटने का साहस भी कैसे करेगी? तालिया चुप, उदास-सी थी। रह-रहकर उसे उस चिट्ठी की याद आ रही थी, जो बंसी ने उसे दी थी। उसने जल्दी में उसे फेंक दिया था।

बस जब खजुराहो जाने वाली रोड के ऊपर बसे छोटे-से गांव में रुकी तो तालिया ने देखा, सामने से वही पीली बस लोट रही है। उसने झांककर देखा, शायद जावेद दीख जाए। पर बस इतनी तेजी से पार हो गई कि वह कुछ भी नहीं देख पाई। ठगी-सी उजड़ी-उजड़ी वह बैठी रही।

"चाय लोगी?" शमीम ने उसे जगाते हुए पूछा।

तालिया का सामान से लदा रिक्शा मकान के सामने रुका तो तालिया को अजीब-सा लगा। पुरानी गृहस्थी, उसका अपना मकान जिसे उसने कितने अरमानों से सजाया-बसाया था, उसके सामने था। पर आह, वह इनसे कैसे छल कर पाएगी! उस गृहस्थी की हर चीज उसपर हंसेगी, खिलखिलाएगी। दरवाजों पर औरतें खड़ी उसे देख रही थीं। उसे अच्छा नहीं लग रहा था। इच्छा हो रही थी कि इन सभीसे कहीं दूर भाग जाए। उसे महसूस हो रहा था कि सारे लोग उसके पाप को जानते हैं। उसके सारे शरीर में झुरझुरी-सी हो रही थी।

रिक्शा से बास्केट उतारते, शमीम बोला, "उतरो; तालिया!"

रिक्शा से उतरकर उसे लगा, वह चक्कर खाकर गिर पड़ेगी। आह! वह अब्बाजान के पास नहीं गई होती तो कितना अच्छा होता! ओ मां रे! मां-बाप का घर ही उसके लिए पाप की धरती बन गया। शायद पहले से ही वह इस पाप की आहट जान गई थी···तभी तो वह मां-बाप के घर से भागना चाहती थी। दूर, दूर, बहुत दूर, किसीके भी साथ।

"तालिया," शमीम सामान रखकर पास आ गया, "देखो, तुम्हारे आते ही घर कैसा भरा-भरा लग रहा है!"

अनायास तालिया मुसकराई। शमीम ने उसे फिर स्नेह से

अपनी बांहों में घेर लिया, और उसके होंठों की ओर होंठ बढ़ा दिए।

"ऊं, न···न, क्या उतावलापन है! अभी सब धूल ही धूल है।"

शमीम जोर से हंसकर अलग हट गया। तालिया का मन एक परिचित प्रसन्नता से भर उठा। पर कुछ नीचे दबकर कसमसा उठा।

तालिया आज बहुत अच्छी लग रही थी। उसके मन ने गुनाहों को भुला दिया था। शमीम बाथरूम में था। सामने दीवार पर एक चित्र लटका था। बर्फ से पहाड़ियां ढंकी थीं, उसके बीच से एक पतली-सी सड़क गई थी। सड़क के किनारे रोशनी का खम्भा था जिसके माध्यम से रोशनी सड़क पर पड़ रही थी। वहीं से एक तांगा जा रहा था। चित्र बहुत ही अच्छा था। तालिया को यह चित्र बहुत पसन्द था। वह देर तक चित्र को देखती रही। अचानक तांगे को निहारते-निहारते उसे याद आया, अम्मी एक दोपहर को तांगे में बैठकर जावेद से मिलने खेत पर गई थीं। जावेद ने घर पर आना-जाना बन्द कर दिया था। रोज बंसी उनके घर के चक्कर काटता; पर जावेद घर पर नहीं मिलता था। बंसी ही खबर लाया था कि जावेद रोज पांच मील दूर खेतों पर चला जाता है। अम्मी ने वहीं उसे पकड़ना ठीक समझा। तालिया अम्मी को समझा-समझाकर थक गई थी; पर अम्मी ने अपनी जिद नहीं छोड़ी। बंसी तांगा ले आया था। तांगे वाला मुसलमान था और जावेद की जमीन को जानता था। अम्मी तांगे में बैठकर चली गई। तालिया का मन जाने क्यों आशका से कांप रहा था।

जब अम्मी लोटी तो काफी खुश थीं। तालिया नहीं चाहती थी कि अब वह जावेद के बारे में बातें करे; पर अम्मी उसके पास चली आई और उसे बताने लगीं। जब वह पहुंची तो जावेद एक झाड़ के नीचे लेटा था, मजदूर काम कर रहे थे।" मुझे देखकर वह एकदम चौंक पड़ा, उसका चेहरा पीला पड़ गया, वह बदहवास उठा, 'अरे, आप यहां?'

"फिर मुझे उसने बैठाया, देर तक खेत के बारे में बताता रहा, वह दूसरी बातें कर ही नहीं रहा था। मैंने ही उससे पूछा,

'तुम आजकल घर क्यों नहीं आ रहे हो?'

"'वह सब भूल थी, मैं बहक गया था। उन बातों को भूल जाइए। तालिया बहुत खूबसूरत है, बहुत मासूम है, पर हमारा मुकद्दर खूबसूरत नहीं है। हम बहुत देर से मिले और उसका अंजाम भी पा गए। सब भूल जाइए। अब हमें अपने-अपने रास्ते चलना चाहिए, मुड़कर देखने में बरबादी है।' जावेद ने एक सांस में कहा।

"मैंने बहुत मनाया कि एक बार घर आए, पर वह नहीं माना और बोलता रहा, 'आपको यहां नहीं आना था।'

"जब मैं वापस लौटी तो चौक के पास जावेद के अब्बा साइकल से आते दीख गए थे।"

तालिया चुपचाप सुन रही थी, आखिरी बात सुनकर वह कांप-सी गई। ओह! उन्होंने पता लगा लिया होगा कि अम्मी वहां गई हैं। आखिर अम्मी उसे बरबाद करने पर क्यों तुली हैं? तालिया के जी में आया, दोनों हाथों से अम्मी का गला दबा दे, और कहीं भाग जाए, क्योंकि उसके गुनाहों की एकमात्र गवाह यही औरत है, जो भाग्य से उसकी मां है। और यह औरत जिन्दगी-भर उसके सामने रहेगी, और उसे कंपाती रहेगी।

अम्मी उठकर चली गई थीं। तालिया का मन विद्रोह कर रहा था। तभी बंसी उसकी तरफ आता दीखा।

"क्या बात है, बंसी?"

"जी, बड़ी बाई गई थीं न जिस तांगे से, उस तांगे वाले से मोटरवाले साहब के पिताजी सब पूछ रहे थे, कि बाई को वह कहां ले गया था?"

"तो तांगे वाले ने सब बता दिया?"

"जी हां।"

"तुम्हें कैसे मालूम?"

"जी, वह तांगे वाला अभी बता रहा था।"

तालिया की नसें दुःख और क्षोभ से तड़कने लगीं। उसने वहीं से जान लिया कि बंसी की बात अम्मी ने भी सुनी है।

तालिया बहुत जोर से चीखी, "सुन लिया न, सुन लिया।" दूसरे ही क्षण वह फफककर रो उठी थी।

सोचते-सोचते उसकी आंखों में आंसू छलछला आए।

"क्या बात है, तालिया?" शमीम तोलिये से बाल पोंछता हुआ पूछ रहा था।

"जी···जी···" तालिया के आंसू काफी प्रयत्नों के बाद भी गालों पर लुढ़क पड़े।

"अरे, अरे, क्या बात है?" शमीम उसके पास आ गया। तालिया उसकी नंगी और गीली छाती से चिपककर फफक उठी। शमीम परेशान-सा उसके सिर को थपथपा रहा था।

"तो तालिया, तुम अभी तक वह बात भूली नहीं?"

"कौन··कौन-सी बात?" तालिया रोते-रोते एव दम घबरा गई। भय से उसका चेहरा पीला पड़ गया, होंठ कांपने लगे।

"वही डाक्टर वाली बात, बच्चे की बात, और कौन-सी!"

"ओह!" तालिया का चेहरा ढीला पड़ा, अपने को संभाल-कर वह मुसकरा दी।

"पगली, यों ही उदास हो जाती हो, फिर जरा में हंस देती हो।"

तालिया को घर ठीक करने में काफी समय लगा। एक तो वह इतने दिन मायके रह आई थी। वहां के बड़े बंगले से वह अपने मकान को मिलाकर देखती तो उसे सारी जगह बुराई ही बुराई नजर आती।

शमीम से भी वह कभी-कभी बहुत खीझ उठती। उसका वही सहज ढंग से उसके प्रति विश्वास उसे खल जाता। शमीम को उसपर शक क्यों नहीं होता? क्या किसी भी पति को, जिसकी पत्नी लम्बे समय तक उससे दूर रहे, उसपर शक नहीं होता? क्यों? इसी बात पर टोरिया पर शशि से बहस छिड़ गई थी।

तालिया का कहना था, "कुंआरे और शादीशुदा दोनों किस्म के औरत-मर्द गुनाह कर सकते हैं।"

"नहीं तालिया, शादीशुदा आदमी या औरत, दोनों भोग चुके होते हैं, और भोगे हुए सुख की तरफ कौन नहीं लुढ़क जाता? जबकि कुंआरे इन सब बातों से अनजान होते हैं। एक कुंआरी लड़की, जो अनछुई हो, सारा जीवन अकेले बिता सकती है, पर एक शादीशुदा लड़की ज्यादा समय तक नहीं रह सकती।"

"तो क्या तुम्हारे कहने का मतलब है शादीशुदा आदमी से डरना चाहिए?"

हां, बिलकुल, में एक कुंआरे के साय लम्बा सफर कर सकती हूं; पर एक शादीशुदा के साथ नहीं।"

शशि के बारे में सोचते-सोचते तालिया की आंखें भर आईं। मन उससे मिलने के लिए छटपटाने लगा। तालिया ने लेटरपैड उठा लिया और उसको पत्र लिखने बैठ गई।

डियर शशि,

गृहस्थी के पिंजरे में बन्द होने पर खुले आसमान के नीचे किए पाप पीड़ा देते हैं। अब तो मैं ऐसी नाव हो गई हूं जो समय के साथ बह रही है। जाने किस समय यह उलट जाए और पता चले इसमें कितने सूराख हो गए थे। मां का पत्र आया था। शशि, मुझे इस शब्द से नफरत हो गई है। मेरी मां ने मुझे नर्क में धकेला। सोचती हूं, मुझ अभागिन के ही भाग्य में यह दुःख क्यों? शमीम जैसे पति को मैं कुछ भी न दे सकी, न अपना पवित्र शरीर, न पवित्र आत्मा, न उसका वारिस। शशि, सोचो, एक औरत के लिए कितने अपमान की बात है कि वह अपने पति को उसका वारिस न दे सके!

मेरे पेट का दर्द पहले से बढ़ गया है, भारी चीजें हजम नहीं होती। पत्र दोगी न?

तुम्हारी दोस्त;
तालिया

शशि का उत्तर बहुत जल्दी आ गया। तालिया को लगा, शशि पास ही है, बहुत दूर नहीं है, उससे बातें की जा सकती हैं।

तालिया डियर,

तुम बेवकूफ हो, जो ऐसा सोचती हो। तुमने बड़े शहरों का जीवन नहीं देखा, जहां पांच बच्चों की मां रात को दूसरे के घर रात बिताकर आती है। पर यहीं पर तुममें और उसमें अन्तर है, वह अपना घर चलाने के लिए ऐसा करती है, और तुम पति

के लम्बे अभाव को सहन नहीं कर सकीं। शायद तुम्हारा पति तुम्हारे साथ होता तो तुम यह नहीं करतीं। पर तालिया, तुम कहोगी कि क्या दुनिया की औरतें मायके नहीं जाती? तालिया, जीवन लम्बा है, और इसमें अभी सिर्फ एक परेशानी है। तुम्हें चाहिए ये बातें छुपाकर रखो। शमीम से पूरी ईमानदारी से पेश आयो। रहा वारिस का सवाल। तो बहन, इस आग में तो तुम्हें जलना ही होगा। और पास बैठे आदमी को भी यह आंच लगेगी ही।

बस!

तुम्हारी ही
शशि

नौ

तालिया के पेट की पीड़ा बढ़ती जा रही थी। भारी चीजें उसने खाना छोड़ दिया था। डाक्टर कुछ ठीक से बताते नहीं थे। शमीम बहुत परेशान-सा रहता था। तालिया अन्दर-ही-अन्दर घुल रही थी। हर नई सुबह वह ज्यादा दुबली पर सुन्दर दीखने लगती। उसका रंग पहले ही सफेद था, अब और सफेद होता जा रहा था। हर रंगीन कपड़ा उसके सौंदर्य को और निखार देता।

सुबह की चाय के बाद दोनों देर तक बैठे रहते। आज शमीम को ऑफिस नहीं जाना था।

"तालिया, तुम दिन-ब-दिन कमजोर हो रही हो, क्या अम्मी को बुलवा लें?"

अम्मी का नाम सुनते ही तालिया कांप-सी गई, "नहीं, अम्मी को मत बुलवाना, मुझे डर लगता है।"

"डर?" शमीम चौंक गया, "क्यों, तुम्हें अपनी मां से डर लगता है?"

नहीं, मां से नहीं, अपनी बीमारी से डर लगता है।" अचानक तालिया का चेहरा उतर गया, "शमीम, मेरे मरने के बाद तुम किसी बहुत अच्छी लड़की से ब्याह कर लेना जो तुम्हारे प्यार की कद्र कर सके।" कहते-कहते तालिया एकदम शमीम के पैरों में गिर पड़ी, "मुझे माफ कर देना, मैंने बहुत-से पाप किए हैं, तुम्हें बहुत तकलीफ दी है।"।

"तालिया, क्या पागल हो गई हो! उठो, बताओ, तुम्हारे मन में कौन-सी बात है जिससे तुम हमेशा उदास रहती हो?" शमीम ने तालिया को उठाकर सीने से लगा लिया। तालिया शमीम के सीने से लगी रही, उसका मन विद्रोह करने लगा। उसने चाहा, बस इसी समय शमीम से सारी बातें बता दे। अपने पाप को खोल दे। उसके होंठ फड़फड़ाने लगे, पर अचानक शशि की बात याद आ गई, 'तालिया, तुम तो मर ही गई हो पर शमीम को न मारना।'

तालिया का मन अन्दर-ही-अन्दर छटपटाने लगा, और वह बहुत बेचैन होकर रो पड़ी। शमीम की समझ में नहीं आ रहा था कि तालिया को कैसे समझाए, क्या कहे।

"तालिया, तुम रो क्यों रही हो, चुप हो जाओ!" शमीम उसका सिर थपथपाने लगा, "बोलो न, तुम्हारे दिल में कौन-सा ऐसा गम है?"

"मुझे मार डालो, मैं गुनहगार हूं, मुझसे अब जिया नहीं जाता। मैं मरना चाहती हूं, मरना चाहती हूं।"

"तालिया, क्या तुम समझती हो, तुम्हारी यह हालत देखकर मैं खुश होता हूं? नहीं, तालिया, तुम खुश रहा करो, इस घर के सुख के लिए।"

शमीम की बातों से तालिया चुप हो गई। कुछ देर बाद उठकर वह बाथरूम में घुस गई। यहां आकर वह एक कोने में बैठ गई, "हाय अल्लाह, मैं क्या करूं? मैं बरबाद हो गई, लुट गई।" वह बहुत जोर से फट-फूटकर रोने लगी। रोते-रोते जब वह थक गई तो मुंह धोकर बाहर आई। शमीम पलंग पर लेटा उदास-सा पंखे को घूर रहा था। तालिया अपनी लाल आंखों को छुपाते हुए अन्दर दूसरे कमरे में चली गई। वह देर तक कुर्सी पर बैठी रही। उसे लगने लगा, वह ज्यादा दिन नहीं जी पाएगी। उसके मरने के बाद शमीम का क्या होगा? शमीम के मन की हालत वह जानती थी। कभी जब वह अचानक उठती तो लगता, शमीम जाग रहा है। उसके कई बार पूछने पर भी उसने कुछ नहीं बताया। शमीम की हालत पर तालिया और टूट जाती। वह चाहने लगी थी कि शमीम और कहीं अपना मन लगा ले। किसीसे प्यार करने लगे। सिर्फ उसके कारण शमीम

की जिन्दगी भी बंजर क्यों हो जाए?

बहुत देर तक न जाने क्या क्या सोचती तालिया बैठी रही, वहीं से उसने जाना कि शमीम उठा है और कपड़े पहनकर बाहर चला गया है। तालिया बाहर आई, तब तक शमीम सीढ़ियां उतर गया था। तालिया शमीम को गली से जाते देखती रही।

दस

तालिया नहाकर बाथरूम से निकली तो देखा, दो लिफाफे दरवाजे के पास पड़े हैं। एक सिद्दीकी साहब का था। दूसरा समझ में नहीं आया। वैसे लिफाफे पर उसीका नाम था। तालिया ने गीले हाथों से लिफाफा खोला। पढ़कर लगा, वह बेहोश हो जाएगी। जावेद की तरफ से लिखा गया था :

सपनों की रानी तालिया,

तुम यहां से चली गई। मैं तुम्हारे बिना बहुत बेचैन हूं। तुम बेवफा कैसे हो गईं! तुम तो मेरी बीवी हो। हम दोनों ने तो सपनों के महल बनाए थे। तुम्हारी बहुत याद आती है। मेरी जान, एक बार आकर अपना सुन्दर मुख तो दिखा दो।

तुम्हारा ही—जावेद

पत्र पढ़कर तालिया चकरा गई। पत्र लेकर वह पलंग पर बैठ गई। पत्र की लिखावट और टूटी-फूटी भाषा से यह तो वह जान गई थी कि पत्र जावेद का नहीं है। फिर किसका होगा? क्या जावेद की बीवी उससे बदला ले रही है? लिखावट से उसे विश्वास हो रहा था कि यह जावेद की पत्नी का ही पत्र है। ओह अल्लाह! यह खत शमीम के हाथ पड़ जाता तो?

तालिया कांपती हुई फिर पत्र पढ़ने लगी। पत्र में कहीं शहर का नाम या तारीख नहीं थी। उसने लिफाफे की सील देखने की कोशिश की पर वह भी इतनी धुंधली थी कि शहर का नाम पढ़ते नहीं बन रहा था। पत्र तो फाड़कर उसने खिड़की से बाहर फेंक दिया; पर उसका पूरा खून जम-सा गया। दूसरे पत्र को उसने बिना खोले टेबल पर रख दिया। तालिया बहुत देर

एकदम सकते की हालत में बैठी रही। जिस क्षण की तालिया को प्रतीक्षा थी, वह क्षण आ रहा है। शमीम अब सब जान जाएगा। जिस बात को खुद वह शमीम से कहना चाहती थी, जब वह बात उसके सामने आ रही है, तो उसका मन क्यों डर से कांप रहा है? किस आशंका से? तालिया को लग रहा था कि यदि शमीम आ गया तो पत्र वाली बात जान जाएगा। वह किसी भी आहट से डरने लगती, शमीम तो नहीं आ रहा?

सीढ़ियों पर आहट हुई। आहट दरवाजे के पास आकर रुक गई। तालिया कांपकर उठ बैठी। भय से उसका चेहरा सफेद पड़ गया था। उसके हाथ-पैर कांपने लगे थे। उसने अपने मन को समझाया—उसने तो पत्र फाड़कर फेंक दिया है, शमीम कैसे जान पाएगा? कहीं उन टुकड़ों को उठाकर शमीम ने पढ़ा न हो? जाने क्या-क्या सोंच रही थी तालिया।

दरवाजा बन्द नहीं था। जरा से धक्के से खुल गया। शमीम अन्दर आ गया। तालिया हॉल में बैठी थी। उसने एक बार आंखें उठाकर शमीम को देखा। शमीम रोज की तरह गंभीर था पर तालिया को लगा, शमीम आज ज्यादा गंभीर है। और अब उससे पूछेगा। वह क्या जवाब देगी? क्या कहेगी? क्या वह खिड़की से कूदकर आत्महत्या कर ले? खिड़की से तो वह निश्चय ही मर जाएगी।

शमीम पूर्ण गम्भीर बना हुआ, कपड़े उतारने लगा। उसके चेहरे पर कहीं कुछ ऐसा न था, जिससे तालिया डरती, पर तालिया अपने मन में बैठे हुए चोर से ही घबरा रही थी।

"नल बन्द हो गया?"

"हां, पर बाल्टियों में पानी भरा है।"

शमीम तौलिया उठाए बाथरूम की तरफ बढ़ा। शमीम ने सिर्फ फुलपैट पहन रखी थी, ऊपर कोई कपड़ा न था। शमीम की नंगी पीठ को देखकर तालिया को याद आया, जावेद की पीठ पर दाहिनी ओर लाल लहसुन का निशान था जो उसने केन में नहाते हुए देखा था। जावेद की याद फिर आई। उसने अपने को झटका और उठ गई।

बाथरूम से जोर से पानी गिरने की आवाज आ रही थी। पानी के छींटे बन्द दरवाजे के नीचे से होकर इस कमरे में भी

छिटक रहे थे।

वह खाना लगा रही थी, पर मन में उसी पत्र की पंक्तियां चक्कर काट रही थीं।

शमीम नहाकर तौलिया लपेटे ही खाना खाने आ गया। उसकी सपाट छाती के रोएं दीख रहे थे।

"आज क्या डाक आई?"

सहसा तालिया को जवाब देते नहीं बना, वह तौलिये से हाथ पोंछती खड़ी रही। तालिया के मौन से शमीम ने अंदाज लगाया कि आज डाक नहीं आई।

"मगर रास्ते में डाकिया मिला था। वह तो कह रहा था, चिट्ठियां घर दे आया हूं।" शमीम ने रोटी के टुकड़े को शोरबे में डालकर तालिया की तरफ देखा, फिर वह सलाद की प्लेट से टमाटर का टुकड़ा उठाकर खाने लगा। असल में वह रोटी के टुकड़े को भूल गया था।

तालिया का चेहरा फिर फक हो गया। वह तौलिये को कुर्सी के हत्थे पर छोड़कर कमरे में आई और टेबल पर रखा लिफाफा उठाकर शमीम के सामने रख दिया। तालिया की तरफ शमीम की पीठ थी, वरना वह तालिया का चेहरा देखकर डर सकता था।

तालिया अब डाकिये के आने के समय सारा काम छोड़कर खिड़की पर बैठी नीचे गली में देखती रहती। डाकिये का आने का समय उसे मालूम था। शमीम यदि घर में भी होता तो वह खिड़की से जान जाती कि डाकिया सीढ़ियां चढ़ रहा है और चट से वह दरवाजे पर आ जाती।

हर तीसरे दिन ऐसे ही गुमनाम पत्र आने लगे। पहले तो वह भयभीत हो उठती थी, पर अब उसे गुस्सा भी आने लगा। मन में आया, इन पत्रों का उत्तर दे, खूब गाली लिखकर। जावेद की पत्नी ने उसे इतना नीच कैसे जान लिया? परन्तु हर बार अपने इस क्रोध को वह पी जाती।

पत्र आता और उसका खून सूख जाता। हर समय मन में चिता घर किए थी। शमीम से पत्र छुपाने की चेष्टा में वह अपने को कितना थका डालती है। शमीम से नजर मिलाने में कितना

खून सुखाना पड़ता है! पर वह कब तक इस प्रकार पत्रों को छुपाने की चेष्टा करती रहेगी? किसी दिन अचानक पोस्टमैन पत्र शमीम के हाथ में दे जाएगा; तो? विवाह के इतने वर्षों के प्यार-मोह को दोनों किस नाप से नापेंगे? क्या शमीम उसे माफ कर सकेगा? उसके गुनाह' की गूंज अब दायरा बढ़ा रही थी।

सोचते-सोचते उसका मन बुरी तरह थक जाता। सारे दिन वह सामने की नीली दीवार को घूरती पड़ी रहती। मन गुनाहों के बोझ के तले दबता जाता, धंसता जाता। नीचे···और नीचे।

उसे उस समय में शमीम की जरा भी याद नहीं आती थी। और ऐसे ही शमीम के पास सिमटे किन्हीं क्षणों में जावेद के साथ बिताए हुए क्षणों की जरा भी याद नहीं आई। कितनी समानता है दोनों क्षणों में! जैसे दो पगडंडियां अलग-अलग चलती एक में समा गई हों!

फिर इन भूले हुए वायदों और बिखरे हुए क्षणों को समेट-कर कौन भेज रहा है?

क्या जावेद?

नहीं, जावेद ऐसा नहीं कर सकता। यह सब उसकी पत्नी की हरकत है। तालिया को जावेद की पत्नी की घूरती, घृणा से भरी आंखें याद आतीं। या मेरे खुदा! इन सब बातों का अंजाम क्या होने वाला है?

तालिया को अपने इन टूटे लमहों में कोई सहारा नहीं मिल रहा था। चारों ओर घिरी दीवारों में उसे लगता, चारों दीवारें सिमट रही हैं। और एक क्षण आएगा जब वे उसे पिचका डालेंगी। तालिया पागलों की तरह सारा दिन कमरे में चक्कर लगाया करती। तरह-तरह के प्लान बनाती। कभी मन में आता; किसी भी तरह जान दे दे; कभी सोचती, कहीं निकलकर भाग जाए। इधर उसके पेट की पीड़ा बढ़ती जा रही थी। दवाएं आले पर रखी रहतीं पर उसे पीने की याद ही नहीं रहती। हर क्षण, हर पल उसकी आंखों के सामने वही पत्र घूमते रहते। भय से उसकी सुन्दर आंखें फटी पड़तीं।

आह! उसने कहां सोचा था कि अनजाने में किए गुनाह इतनी तकलीफ देते हैं।

ऐसी ही भयभीत दोपहर को जमीला का खत उसे मिला:

मेरी प्यारी तालिया,

तूने तो जाते ही मुझे भुला दिया। हां, सही भी है। वहां की चीजों पर मेरी छाप थोड़े ही है, जो तुझे मेरी याद आती। यहां की तो हर चीज में सिर्फ तू बसी है। मेरी तालिया, तेरा क्या हाल है? अम्मी तेरे बारे में सोच-सोचकर रोती रहती हैं। तू जब से गई है। उन्हें पत्र तक नहीं लिखा। अरी अभागिन! इसमें अम्मी का क्या कसूर, सब तेरे नसीब का फेर है, जो तुझे घुमा रहा है। तू जितनी सुन्दर है, उतना ही बदशक्ल तेरा नसीब है। देख, मेरी बातों से रोने मत लगना।

एक बार रास्ते में जावेद भाईजान दीखे थे; पर मुझे देखते ही रास्ता काट गए। देखा, सुन्दरता के पीछे तू दौड़ी तो क्या मिला? अपने हाथ की रोटी भी गंवा बैठी। शमीम भाई साहब का खत आया था। उससे पता चला, तेरी पेट की तकलीफ बढ़ रही है। तकलीफ बढ़ नहीं रही, तू बढ़ा रही है। पर कब तक? तालिया, जिन्दगी से दुश्मनी अच्छी नहीं। समझौता कर ले।

मैं तेरे पास आना चाहती हूं। मेरी नौकरी चल रही है। उन्होंने शादी कर ली है। देख तालिया, समय जिन्दगी के लिए नहीं रुकता। जिन्दगी यदि उसके साथ चल सकी तो ठीक, वरना पिछड़ जाती है, भटक जाती है। और जानती है, भटकी हुई जिन्दगी यतीमों की तरह होती है।

शशि यहां आई थी। हम दोनों टोरिया गई थीं। वहां तेरी ही बातें चल रही थीं। शशि जल्दी ही मां बनने वाली है।

तालिया, जावेद कई हैं पर शमीम एक ही है। कभी घबराकर बता न देना। अपने साथ दूसरे को भी खत्म करना कत्ल होता है। जानती है न? बस।

देख; रोना मत।

तेरी जमीला

जमीला का पत्र पढ़कर तालिया उदास हो गई। फिर एक-एक कर विचार आए और गए। कितनी जिन्दगियां बरबाद हैं! शशि खुश है, क्योंकि वह प्रेमिका के रूप में न सही, पर मां के रूप में सफल रही। वह तो दोनों इम्तहानों में फेल हो गई।

तालिया को अच्छी तरह याद है उस रात की बात। गंगऊ

डैम से लौटे उन्हें सिर्फ तीन दिन ही हुए थे। और इतने दिनों में भी जावेद उसे पा नहीं सका था। हर बार वह घबराकर छिटक जाती, भाग जाती। उस रात वे लोग टहलकर लौटे थे। लॉन में कुर्सियां डाले बैठे बातें कर रहे थे। चांदनी काफी साफ थी। रात के शायद दस बज रहे थे। तालिया जावेद और अम्मी को छोड़कर कमरे में कपड़े बदलने आ गई। ड्रेसिंग-रूम सब कमरों के बाद पड़ता था। तालिया अंधेरे में ही कपड़े बदलने लगी। उसने साड़ी अलग की, ब्लाउज को अभी उसने सिर्फ एक बांह से ही निकाला था, दूसरी बांह से निकाल रही थी कि लगा, कमरे में कोई घुस आया है। अभी वह चकराई सोच हो रही थी कि जावेद ने कमरे का दरवाजा बन्द करके उसे अपनी बांहों में भर लिया। वह बहुत छटपटाई थी। पर यहां पुरुष और नारी का सम्बन्ध था। पुरुष की जीत हुई। जावेद के गर्म-गर्म आलिंगन में बंधी तालिया अपने को भूल गई। वह कई बार जावेद के होंठों में फंसे अपने होंठों को अलग करके बुदबुदाई, "नहीं, नहीं, छोड़िए!"

पर जावेद ने उसे बहुत मजबूती से कस लिया। और वह कुछ न कर पाई। फिर तो लज्जा के मारे उसका बुरा हाल हो गया। जावेद की गर्म सांसों के बीच वह कांपती-सी रह गई।

शमीम के साथ ऐसे क्षण हमेशा आए, पर शमीम में और जावेद में अन्तर लगा।

कमरे से जावेद के निकलते ही वह अपने कमरे में भयभीत-सी बन्द हो गई थी। ओह! अम्मी ने उसे मेरे कमरे में क्यों भेजा? ओह! यह आज क्या हो गया? क्या अम्मी की सलाह से जावेद आया था? सारी रात तरह-तरह के प्रश्न उसे सताते रहे। सच तो यह था कि बाद में इन प्रश्नों की जगह लज्जा ने ले ली और वह अजीब प्रकार का सुख अनुभव करती रही। उसे पहली बार यौवन की मिठास का अनुभव हुआ था। वह इतने वर्षों तक शमीम की पत्नी रही थी, पर उसे लगा, वह अब तक कुंआरी थी। विवाहिता तो आज हुई है।

फिर इसके बाद की हर रात जावेद आता और वे दोनों उसी कमरे में मिलते, अम्मी बाहर पहरे पर बैठी होतीं। परन्तु जावेद के सहवास से उसे लगने लगा था कि जावेद को सिर्फ उसका शरीर चाहिए। जावेद की इस चालाकी को वह अब

समझ रही थी। वह इसे प्यार समझती रही। शायद इसलिए भी कि वह खुद प्यासी थी। और प्यासा सिर्फ पानी पीना चाहता है, यह नहीं सोचता कि कुआं किसका है।

वह नादान थी, पर अम्मी तो नहीं? उन्होंने क्यों जावेद को इतनी छूट दी थी? क्या कोई मां अपनी आंखों के सामने दूसरे आदमी को अपनी बेटी की इज्जत लूटते देख सकती है?

तालिया को लगा, वह पागल हो जाएगी। उसे लगने लगा, वह जीवन से हार रही है, अपने खोखलेपन में अब वह जी नहीं पाएगी। नहीं, बिलकुल नहीं, वह अपने-आपको और धोखा नहीं दे सकेगी।

तालिया ने कमरे में आकर देखा, शमीम नहीं था वह खिड़की से झांकने लगी। शमीम किसी दोस्त के साथ पानवाले की दुकान पर खड़ा था। तालिया खिड़की को पकड़े नीचे गली में झांकने लगी। उसने अन्दाजा लगाया, यदि वह यहां से कूद जाए तो किसी भी हालत में नहीं बच पाएगी। और दुनिया से खिसक जाएगी। फिर शमीम को कौन बताएगा? अम्मी? नहीं, अम्मी शमीम से कभी यह बात नहीं बताएगी। आह! वह कूद क्यों नहीं जाती? हर पल उसे पाप सताते हैं। कहीं उसकी लगाई आग शमीम को न पकड़ ले। ओ मेरी मां, मैं सती क्यों न रह सकी? आह! मेरा यह सुन्दर शरीर दागों से भरा है। वह भाग क्यों नहीं जाती? मगर वह जागी कहां? कहीं ऐसा न हो कि घर से भागे और किसी पाप-कुंड में जा गिरे!

तालिया ने फिर देखा, शमीम पानवाले के यहां नहीं था। वह खिड़की के पट खोलने लगी; नहीं, उसे मर ही जाना चाहिए। मगर अभी तो सब लोग चल-फिर रहे हैं, कहीं किसीने उसे बचा लिया तो? रात को मरना ठीक रहेगा। पर रात को कहीं फिर जीवन का मोह उसे बांध न ले।

तालिया ने दुपट्टे को कमर में कस लिया। उसके मन में आया, शमीम के लिए चिट्ठी छोड़ जाए। नहीं, शमीम के लिए वह कोई सूराख नहीं छोड़ जाएगी, जो उसे बाद में तंग करे। उसने आस-पास देखा, गली सूनी ही थी। वह खिड़की पर चढ़ गई और जैसे पानी में तैरने के लिए छलांग लगाते हैं, वैसे ही सिर

के बल छलांग लगा गई।

जोर के धमाके की आवाज हुई। सड़क पर खड़ी गाय चमककर भागी। सामने वाले मकान का आठ साल का लड़का चीखा, "मां, मां, खून! खून!"

उसकी आवाज से अन्दर के लोग दौड़े आए। फिर तो काफी लोग जमा हो गए। सब तालिया के आसपास जमा हो गए। उसका सिर फट गया था और उसकी दोनों टांगें नाली के पास लगे कांटेदार तारों में अटकी थीं। भीड़ भयभीत-सी तालिया को देख रही थी। उसे सभी लोग पहचानते थे।

एक आदमी ऊपर गया; मगर कमरा अन्दर से बन्द था। वह चीखने लगा, "शमीम साहब! शमीम साहब!"

मगर अन्दर से कोई उत्तर नहीं मिला। चीख-चीखकर जब थक वह गया तो लौट आया।

"भाई, शमीम साहब घर पर नहीं हैं, अभी थोड़ी देर पहले दुकान पर पान खाते उधर निकल गए।"

आसपास खड़े लोग तालिया को छूने से डर रहे थे। सिर से खून इतना बह रहा था कि आसपास की जगह लाल हो गई थी। दो आदमी साइकल पर दौड़े—एक पुलिस-थाने और दूसरा अस्पताल एम्बुलेंस के लिए।

भीड़ बढ़ती ही जा रही थी। शमीम ने दूर से देखा, गली के चौक पर लोगों की भीड़ थी। उसकी समझ में कुछ नहीं आया। वह तेजी से भीड़ की तरफ बढ़ा।

"क्या बात है, भाई?"

शमीम को देख सब एक तरफ हो गए। शमीम आगे बढ़ा। सामने एक औरत को मुंह के बल पड़ा देख उसकी समझ में नहीं आया कि कौन होगी।

"आपकी पत्नी मर गई, शमीम साहब!"

शमीम को मानो किसीने आसमान से गिरा दिया—तालिया, तालिया—मगर... मगर ऐसा क्यों?

अब वह पागलों की तरह बढ़ा। उसने तालिया को गोद में उठा लिया। नाड़ी देखी। वह बहुत धीरे-धीरे चल रही थी। शमीम ने दोनों हाथों पर तालिया को उठा लिया और अस्पताल की तरफ दौड़ पड़ा। उसका चेहरा दुःख और परेशानी से काला

पड़ गया था। उसके पीछे लोगों की भीड़ आ रही थी। लोग सहारा देना चाहते थे पर मुसलमान घराने की नवयुवती को छूते सहम रहे थे। शमीम मुश्किल से पचास कदम ही गया होगा कि सामने से एम्बुलेंस आ गई। तालिया और शमीम को बैठाकर एम्बुलेंस तेजी से अस्पताल की तरफ दौड़ी। भीड़ वहीं खड़ी-खड़ी अटकलें लगाने लगी।

तालिया का तुरन्त ऑपरेशन हुआ, उसे खून दिया गया। तालिया तीन दिन बेहोश रही। इन तीन दिनों में शमीम पलभर के लिए भी उसके बेड के पास से नहीं उठा।

तालिया की अम्मी, सिद्दीकी साहब, जमीला वगैरह आ गए थे। सब पागलों की तरह बैठे रहते। क्यों हुआ? कैसे हुआ? पूछने के लिए किसीके पास समय नहीं था। बस, सब लोग सांस रोके तालिया की आंख खुलने के इन्तजार में सकते की हालत बैठे थे।

तालिया लोहे के पलंग पर पड़ी थीं। उसके सिर पर प्लास्टर चढ़ा था। आंखों के ऊपर सूजन चढ़ गई थी। सूजन के बाद भी बन्द सीपियों की तरह उसकी आंखें सुन्दर लग रही थीं। दोनों हाथों में एक-एक लाल चूड़ी पहना दी गई थी। उसके रूखे और सूखे काले बाल ऊपर चलते पंखे की हवा से उड़ रहे थे।

डाक्टरों ने कमरे में रोने की सख्त मनाही कर दी थी। जमीला और अम्मी को जब आंसू रोकना मुश्किल हो जाता तो वे उठकर बाहर चली जाती।

तालिया ने तीसरे दिन रात को करीब ग्यारह बजकर तीन मिनट पर आंखें झपकाई। पहले उसकी आंखों के कोर से पानी बहा, फिर उसने धीरे से आंखें खोलीं। डाक्टर और नर्सों ने जल्दी से सबको कमरे से बाहर किया। सब व्याकुल हुए। शमीम डाक्टर के पैरों पर गिर पड़ा।

"नहीं मिस्टर शमीम, अभी नहीं। पेशेण्ट की मानसिक हालत किस चीज को बरदाश्त कर सकती है, मैं कह नहीं सकता। प्लीज, बाहर जाइए।"

सब बाहर चले गए। नर्स ने दरवाजा बन्द कर दिया। बाहर खड़े परिवार के सारे लोग छटपटाने लगे। सब दरवाजे से लगे खड़े थे। सिद्दीकी साहब बेचैनी से गैलरी में टहलने लगे। शमीम बहुत बेताब होते मन पर काबू पाते हुए खड़ा था। तभी

एक नर्स ने उन्हें वहां से भी हटा दिया। बाहर से तीन-चार डाक्टर आए और जल्दी से अन्दर जाने लगे। दरवाजा फिर बन्द हो गया। नर्सों की भाग-दौड़, बार-बार अन्दर से बाहर जाना देख सब लोग घबरा रहे थे। जमीला और अम्मी रो रही थीं।

नर्स ने उन्हें दूसरे कमरे में जाने को कहा। सब लोग कमरे में जाकर बैठ गए। कोई किसीकी तरफ देख तक नहीं रहा था। सबके कान दालान में आती-जाती जूतों की आवाज पर लगे थे।

शमीम वगैरह को डाक्टर ने पूरे सात दिन तालिया के पास फटकने भी नहीं दिया। बस, हर समय अन्दर से कमरा बन्द रखा जाता। सबके लिए जुदाई का एक-एक क्षण युग की तरह बीत रहा था।

आठवें दिन डाक्टर वर्मा बाहर आए, सबको एक तरफ ले गए।

"आपमें से कोई ऐसा है जिसे देखकर पेशेण्ट न घबराए, न खुश हो?"

"डाक्टर, मैं जाऊं क्या?" अम्मी ने पूछा।

"नहीं, मां और हस्बैंड को बिलकुल मिलने नहीं दिया जाएगा। कोई ऐसा नहीं जो उसका सिर्फ फ्रेंड हो, और अपने पर काबू रख सकता हो?"

शमीम ने सिद्दीकी साहब की तरफ देखा मगर उन्होंने सिर नीचे कर लिया; क्योंकि उन्हें डर था, कहीं वह तालिया के सामने धीरज न खो दें।

जब डाक्टर ने सिद्दीकी साहब को अन्दर आने को कहा तो वह घबराए, दुआ मांगते हुए अन्दर गए। दरवाजा फिर बन्द हो गया।

सिद्दीकी साहब ने देखा, तालिया की आंखों की सूजन कम हो गई थी। वह छत को देख रही थी। सिद्दीकी साहब बहुत धीरे से डाक्टर के साथ डरते-डरते पलंग के पास खड़े हो गए।

तालिया ने पहले डाक्टर को देखा, फिर सिद्दीकी साहब को। वह बहुत देर तक उन्हें ऐसे देखती रही मानो पहचानने की कोशिश कर रही हो।

“बेटा तालिया, खुदा का शुक्र है जो तुम ठीक हो गई।”

तालिया उन्हें एकटक देखती रही। उसके होंठ फड़फड़ाए मानो कुछ कहना चाहती हो। पर कुछ बोल नहीं पाई। सिद्दीकी साहब स्टूल पर बैठे तालिया के हाथ को सहलाते रहे। करीब पन्द्रह मिनट तक बैठे रहने के बाद डाक्टर ने उनकी पीठ पर हाथ रखा। इशारा था जाने का। वह बहुत धीरे से उठे, “बेटा, मैं अभी आता हूं, अभी आया।”

‘कहते हुए वह बाहर निकल आए। तालिया उन्हें बाहर जाते देखती रही।

सिद्दीकी साहब बाहर आए तो शमीम, अम्मी, जमीला सब उन्हींका इन्तजार कर रहे थे। दरवाजे के पास खड़ी नर्स ने इशारा किया—यहां बातें नहीं।

सिद्दीकी साहब दूसरी तरफ तेजी से जाने लगे। उनके पीछे चुपचाप तीनों भागते-से गए।

सिद्दीकी साहब दालान की दूसरी तरफ चुपचाप-से खड़े हो गए। तीनों इतने अधिक व्याकुल हो गए थे कि मुंह से कोई प्रश्न ही नहीं फूट रहा था।

तालिया की हालत अच्छी है, सूजन भी कम हो गई है। मुझे लगता है, अब वह ठीक हो जाएगी।” सिद्दीकी साहब ने कहा।

“उसने आपको पहचाना?” शमीम ने पूछा

“मुझे लगा, वह मुझे पहचानने की कोशिश कर रही है, पर पहचान नहीं पाई है।”

फिर चारों अपने-अपने विचारों में खो गए। लेकिन चारों के चेहरे से लग रहा था कि अब उनके चेहरे पर संतोष-सा आ गया है।

डाक्टरों ने इसके आठ दिन तक फिर किसीको अन्दर जाने नहीं दिया। बस निश्चित समय पर सिद्दीकी साहब पन्द्रह मिनट के लिए अन्दर जाते, पास बैठते, एक-दो वाक्य बोलते, चम्मच से रस पिला देते और लोट आते।

तीनों तालिया से मिलने को बहुत बेचैन थे। वे लोग सिर्फ पलभर को तालिया को देखना चाहते थे। पर डाक्टर वर्मा की सख्ती के कारण सिद्दीकी साहब के अलावा कोई अन्दर नहीं जा

सकता था।

शमीम इन्तजार करते-करते जब थक गया तो वह डाक्टर वर्मा पर बौखला गया, "डाक्टर, आप मुझे अन्दर क्यों नहीं जाने देते? अब तो तालिया ठीक है!"

"देखिए मिस्टर शमीम, तालिया ने आत्महत्या की है, यह सब जानते हैं। किस कारण से की है, यह नहीं मालूम। हो सकता है, आप लोगों को देख उसकी मानसिक हालत बिगड़ जाए। फिर मुझे पेशेण्ट के बचने की आशा न होती तो मैं मिलने दे सकता था। पर मुझे उम्मीद है, पेशेण्ट बच जाएगा तो मैं यह रिस्क नहीं ले सकता। मिस्टर शमीम, कुछ दिन और धीरज रखिए। फिर तो मैं आपको कमरे से उठने भी नहीं दूंगा।"

डाक्टर वर्मा ने शमीम का मुंह बन्द कर दिया। शमीम के पास अम्मी और जमीला भी खड़ी थीं। अब सबके सामने पहली बार प्रश्न उभरा, "तालिया ने मात्महत्या क्यों की?"

सब अपने-अपने ढंग से इस प्रश्न के बारे में चुपचाप सोचने लगे। जमीला जानती थी कि तालिया घुटन के दबाव को सहते-सहते थक गई थी। क्या गुनाहों का बोझ इतना भारी होता है? अब क्या करेगी तालिया? अब तो शायद उसपर पुलिस-केस चलेगा, क्या वह अदालत में सारी बातें बता पाएगी?

शमीम बरामदे में टहल रहा था कि वह रुक गया। सामने सीढ़ियों से पुलिस इंस्पेक्टर ऊपर चढ़ रहा था। पलभर को शमीम स्तब्ध रह गया। उसे विश्वास नहीं हो रहा था कि मामला यह मोड़ लेगा। ओह, यह क्या हो रहा है!

पुलिस इंस्पेक्टर उसके पास आकर रुक गया, "मिस्टर शमीम आप ही हैं?"

"जी हां।"

"आपकी पत्नी तालिया का बयान मैं लेना चाहता है, किस हाल में हैं?"

शमीम मानो आसमान से गिरा। उसका चेहरा एकदम पीला पड़ गया, "जी, मगर तालिया से तो अभी हमें ही डाक्टर मिलने नहीं देता।"

"अच्छा।" इंस्पेक्टर कुछ सोचता हुआ बोला, "आप डाक्टर से मिला देंगे?"

शमीम ने एक नर्स को सारी बातें बताई। नर्स कमरे में गई। थोड़ी देर में नर्स के साथ डाक्टर वर्मा आए। इंस्पेक्टर ने आगे बढ़कर उनसे हाथ मिलाया, फिर दोनों में जाने क्या बातें होती रहीं। शमीम ने देखा, इंस्पेक्टर वापस सीढ़ियां उतर रहा था।

शमीम वहीं बुत बना खड़ा रहा। उसने यह सोचा ही नहीं था। वह बालों में उंगलियां फंसाए सिर को पकड़ खड़ा रहा। जब थोड़ी देर बाद वह पलटा तो पाया, उसके पीछे जमीला खड़ी है।

जमीला ने दूर से ही इंस्पेक्टर को देख लिया था। जब वह चला गया तो चुपचाप इधर आ गई थी। अम्मी और सिद्दीकी साहब को मालूम नहीं हो पाया था।

"जमीला, तुमने इन्स्पेक्टर को देखा?" जमीला ने 'हां' में सिर हिला दिया और नीचे देखने लगी। लोग आ-जा रहे थे। कोई मरीज रिक्शा पर तो कोई पैदल आया था। सामने ही बगीचे के सामने एक मूर्ति बनी थी। मूर्ति के पीछे हौज था। हौज के दोनों ओर बाग था और बीच में प्राइवेट-वार्ड को जाने का रास्ता था। दो-तीन नर्स बाग में खड़ी माली से फूल मांग रही थीं।

"जमीला, लगता है, मामला आगे बढ़ेगा। क्या तालिया को अदालत के कठघरे में खड़े होना पड़ेगा?"

जमीला ने भय से कांपकर शमीम को देखा, उसकी आंखें भर आई थीं। ओह! तालिया अदालत में जाएगी?

"मगर पुलिस में रिपोर्ट किसने की?"

"जब तालिया नीचे गिरी तब सारे मोहल्लेवाले जमा हो 'गए थे। मैं घर पर नहीं था। मेरे आने के पहले ही पुलिस और अस्पताल में खबर कर दी गई थी।"

जमीला चुप रह गई। शमीम बहुत परेशान था। पल-भर में ही उसका चेहरा काला, बीमार-सा पड़ गया था। जमीला ने शमीम से और कुछ नहीं पूछा। दोनों अपने-अपने में खोए खड़े रहे।

ग्यारह

तालिया पूरे दो माह बाद अच्छी हुई। उसके सिर की पट्टियां खोल दी गई थीं। वह बहुत ज्यादा दुबली हो गई थी। उसके गालों में गड्ढे पड़ गए थे। उसके खूबसूरत बाल सब साफ कर दिए गए थे। अचानक कोई देखे तो तालिया को पहचान न पाए। तालिया अब अपने बिस्तर से उठकर खुद कपड़े बदल और लेती थी। जमीला और शमीम उसके पास बैठे होते। अम्मी सिद्दीकी साहब सुबह के वक्त और रात को आते थे। बाकी वक्त घर पर रहकर घर का इन्तजाम देखते थे। शमीम अब वापस ड्यूटी पर चला गया था। दोपहर को तालिया के पास जमीला ही रहती थी।

एक दोपहर जब कमरे में कोई नहीं था, तालिया बहुत परेशान लगी। जमीला उसके पास बैठी थी।

"जमीला, मैं फिर बच गई। मैं अपने गुनाहों को लिए कब तक जिन्दा रहूं, मुझ गुनहगार पर मौत भी मेहरबान नहीं है।" तालिया की आवाज भारी हो गई।

जमीला ने उसका सिरथपथपाया, "परेशान न हो तालिया, तेरी नई जिन्दगी हुई है, पुरानी तालिया अपने गुनाहों को लिए मर गई, यह नई तालिया है, सिर्फ शमीम की, सिर्फ शमीम की।"

"सच...!"

"हां, अगर शमीम की मोहब्बत में असर न होता तो तू बच नहीं पाती। अब सब भूल जा। देख, शमीम साहब का क्या हाल हो गया है!"

तालिया चुप होकर छत को देखने लगी। जमीला चुपचाप खिड़की को घूरने लगी। जमीला को यहां आए दो माह हो गए थे। उसने पिछले महीने ही इस्तीफा लिखकर आफिस में भेज दिया था।

"जमीला, जमीला!"

"क्या बात है?" जमीला ने घबराकर उसकी तरफ देखा।

"जमीला, अब मैं शमीम की पत्नी बनकर नहीं रह सकती, तू यह बात समझती क्यों नहीं, मेरी बहन?"

“तालिया, यह तू क्या कह रही है? क्या तू शमीम को मार डालना चाहती है?”

“जमीला, न जाने वह क्या सोचते होंगे? उनके सुख के लिए तू मेरी एक बात मानेगी?”

जमीला चुपचाप उसका मुंह देखने लगी।

“जमीला, तू शमीम की गृहस्थी संभाल ले! मेरी अच्छी बहन!”

“क्या?” जमीला स्तब्ध होकर तालिया को घूरने लगी, “तलिया, तू मुझे भी गुनाह में घसीटना चाहती है!”

“यह गुनाह नहीं, बहन! मेरी खातिर, सिर्फ मेरी खातिर!”

“तालिया, तू पागल मत बन, मैं ऐसा सोच भी नहीं सकती। मैंने उन्हें एक भाई के रूप में माना है। उन्हें तेरी याद में कल-पते देखा है। क्या तू चाहती है, उस देवता को पैर से छुऊं? अगर तूने आइन्दा ऐसा कहा तो मैं लौट जाऊंगी यहां से। तू सिर्फ अपनी मर्जी से स़बको घोंटना चाहती है, है न?” जमीला का मुंह आवेश से भर गया था, वह उठकर जाने लगी।

“जमीला, मुझे माफ कर दे बहन, जाने क्यों शमीम की हालत देखकर मैं अनाप-शनाप सोचने लगती हूं।”

मगर जमीला नहीं लौटी, वह बरामदे में चली आई, और एक तरफ खड़े होकर रोने लगी, ‘ओह तालिया! तू शमीम को और कितना रुलाएगी?’

आसमान भरा-भरा लग रहा था, मानो अभी एकदम बरस पड़ेगा। तालिया अस्पताल से घर आ गई थी। मोहल्ले के लोगों में उसे देखने की बहुत उत्सुकता थी। पर तालिया रात को घर आई थी। छोटे-छोटे तीन कमरों का मकान इतने लोगों के रहने से भरा-भरा लगने लगा था। शमीम और तालिया खाने के कमरे में सोने लगे थे। सामने वाले कमरे में जमीला, सिद्दीकी साहब और अम्मी सोते थे।

तालिया फिर अपने घर के वातावरण में लौट आई थी। बीमारी के कारण वह सबकी नजरों में बेचारी बन गई थी, जिससे उसकी आत्मा व्याकुल होकर छटपटाने लगती।

तालिया के अस्पताल से लौटने के बाद से शमीम बहुत गंभीर हो गया था। खाने की टेबल पर भी वह इतना चुप बैठा रहता कि जमीला, तालिया या अम्मी किसीकी हिम्मत खाने के लिए जबरदस्ती करने की नहीं होती।

तालिया लम्बी बीमारी के बाद से बहुत ज्यादा दुबली और सफेद दीखने लगी थी। तालिया के सारे प्रयत्न व्यर्थ होते जा रहे थे। वह जिन्दगी से जितना दूर भागना चाहती, उतना ही जिन्दगी उसका पीछा करने दौड़ती। इस भाग-दौड़ से वह तंग आ गई थी। अम्मी और सिद्दीकी साहब बहुत कम बातें करते थे। बस, जमीला ही तालिया के साथ लगी रहती।

जमीला के घर से बार-बार लौट आने के लिए खत आ रहे थे। पर तालिया उसे रोके हुए थी। जमीला के जाने की बात से ही तालिया का मुख काला पड़ जाता था।

शाम को जमीला सामने वाले कमरे में नहीं दीखी। तालिया की आंखें बेचैन हो उठी कि तभी पीली सलवार-कमीज में सामने से जमीला आती दीखी। उसके हाथ में पेपर था। तालिया को आश्चर्य हुआ।

"आज यह मैगजीन ?"

"नहीं, यूं ही ज़रा शमीम भाई साहब की आलमारी साफ कर रही थी तो यह दीखी।'

"कोई खास बात है ?"

"हां, खास बात ही समझ', ताजमहल के बारे में बड़ी बारीकी से वर्णन दिया गया है।"

सहसा तालिया उदास-सी हो गई, "कितना सुन्दर होगा ताजमहल, मेरा बहुत जी करता है उसे देखने को।"

"हां तालिया, शाहजहां ने बस जन्नत ही उतारकर रख दी है। सोचो तो कितना प्यार करता होगा वह अपनी बीवी से!" जमीला ने मैगजीन टेबल पर फैला दी। ताजमहल का बड़ा-सा रंगीन चित्र बड़ा ही मोहक लग रहा था।

"मालूम नहीं जमीला, मुझे तो ये किस्से-कहानी की बातें लगती हैं।"

"वाह, तू भी अच्छी है, उनकी मोहब्बत के बारे में तो सभी जानते हैं। अगर वह अपनी बीवी से मोहब्बत न करता तो क्या

ताज बनता?"

"जमीला, क्या कोई भी इस बात पर गौर नहीं करता कि शाहजहां ने अपनी बीवी मुमताज के लिए ताजमहल नहीं बनवाया, बल्कि अपने चौदह बच्चों की मां के लिए बनवाया था। नहीं जमीला, ताज प्रेमिका के लिए नहीं, एक मां के लिए बना है।"

जमीला अवाक्-सी तालिया को देखने लगी। तालिया की आंखों में फिर आंसू दीख रहे थे, वह टक लगाए टेबल पर फैली ताज की तसवीर को देख रही थी।

जमीला बैठी तालिया को देख रही थी। ओह, इसके विचार कितने बदल गए हैं!

"जमीला, मेरी बहन, मेरी इतनी प्यारी जिन्दगी जो बरबाद हो रही है, उसमें गुनाह की भंवर मेरा खून उतना नहीं चूसती जितनी यह बात कि मैं बांझ क्यों हो गई? सोच जमीला, मेरा इतना खूबसूरत बदन कुछ भी भविष्य के लिए छोड़कर नहीं जाएगा?"

जमीला के आंसू निकल पड़े, पर तालिया चुप थी। उसकी आंखों से एक भी आंसू नहीं गिर रहा था।

"तालिया, सच में तेरा दुःख बहुत बड़ा है, बहुत बड़ा।"

"जमीला, मेरा गम भी कम हो जाता अगर शमीम दूसरी शादी कर लेता। मैं उसकी जिन्दगी बनाने आई थी, मुझे क्या मालूम था कि मैं उसकी जिन्दगी के घुन का काम करूंगी।"

दोनों बहुत देर तक चुप बैठी रहीं। जाने क्यों; जमीला को लग रहा था कि अब तालिया ज्यादा दिन नहीं जी सकेगी। क्योंकि आदमी जिन्दगी को मुड़कर उसी वक्त नापता है, जब उसका अन्तिम छोर उसके हाथ में हो।

बारह

तालिया अब पूरी तरह अच्छी हो गई थी। सिद्दीकी साहब और अम्मी कुछ दिनों के लिए लौटना चाहते थे, क्योंकि इतने दिनों से कोठी बन्द पड़ी थी। पर समस्या यह थी कि तालिया को अकेली कैसे छोड़ें?

जमीला तो अब उन्हीं लोगों के साथ घर लौटना चाहती थी।

आखिर सबकी जबर्दस्ती से जमीला को ही रुकना पड़ा। सिद्दीकी साहब और अम्मी बहुत रोईं, तालिया से बार-बार कहतीं, "बेटा, घबराना नहीं, मैं जल्दी लौट आऊंगी। खुदा मेरी उम्र तुझे दे, लौटूं तो तू सही-सलामत मिले।"

जाने क्यों अम्मी को भी लग रहा था कि जब वह लौटेंगी तो शायद तालिया को न पाएं। मन में जाने क्यों बुरे विचार आ रहे थे। वह घबराई-सी तालिया को बहुत देर तक देखती रहीं।

अम्मी और सिद्दीकी साहब के चले जाने के बाद घर और भी सूना-सूना लगने लगा।

तालिया को अदालत में भी पेश होना था। अदालत के दिन तालिया बहुत उदास थी। शमीम ने सुबह से नाश्ता भी नहीं किया था। अकेली जमीला दोनों का ध्यान रखते हुए चुपचाप अपना कर्तव्य निभा रही थी। उसकी समझ में नहीं आ रहा था, किसे कैसे समझाए? किसका दुःख बड़ा?

तालिया के साथ जमीला भी अदालत गई थी। तालिया को जब कठघरे में खड़ा किया गया तो शमीम और जमीला दोनों हिल उठे थे। अदालत के चपरासी की यह आवाज सबने सुनी थी, "मुल्जिमा तालिया बेगम हाजिर है...!"

शमीम कांप उठा था। कचहरी में आज काफी लोग जमा हो गए थे। अपने-अपने काम छोड़कर सारे वकील उत्सुकता से इधर-उधर चहलकदमी कर रहे थे।

शमीम को लगा, वह यहां से चला जाए, पर मन को बांधे वह खड़ा रहा। जमीला बार-बार मुड़कर शमीम को देख रही थी। उसे शक था, कहीं शमीम परेशान-सा चला न जाए।

मजिस्ट्रेट की हर बात का जवाब तालिया 'हां' में दे रही थी। उसके मुंह से 'हां' शब्द भी बड़ी कठिनाई से निकल रहा था। वह पसीने में नहा-सी गई थी। उसके होंठ कांप रहे थे।

गवाहों के लिए सोलह तारीख लगा दी गई थी।

घर लौटकर तालिया बिस्तर पर कटे पेड़ की तरह गिर पड़ी और फूट-फूटकर रो उठी। "ओह! मुझे अभी और क्या-

क्या देखना है रे मालिक !"

शमीम पास बैठा उसका सिर सहलाता रहा।

"मुझे माफ कर दो, मैंने तुम्हें बहुत दुःख दिए हैं।"

"नहीं तालिया, ऐसी बातें मत करो। पर हां तालिया, अगर तुम मुझसे मोहब्बत करती हो तो सच बताओ, तुम्हें क्या दुःख है ? तुमने आत्महत्या क्यों की ?"

शमीम के सवाल ने तालिया और जमीला दोनों पर बिजली गिरा दी। तालिया रोना भूलकर जमीला को देखने लगी। तालिया का मन कह रहा था, 'बता दे, पगली, सारी बातें बता दे। अपने गुनाहों को नंगा कर दे। वक्त आ गया है। कब तक इन गुनाहों की लादी पीठ पर उठाए चलती रहेगी ?'

तालिया के होंठ बुदबुदाए ही थे कि जमीला आगे बढ़ी और तालिया को हाथ पकड़कर उठाने लगी, "अभी, इससे ऐसे सवाल मत पूछिए। क्या आप जानते नहीं कि डाक्टर की साफगोई ने इसकी जिन्दगी को छीलकर रख दिया है ?"

शमीम सिर नीचा किए खड़ा था। अगर वह जानता कि डाक्टर तालिया के सामने ही सारी बातें कहेगा तो वह तालिया को कभी किसी डाक्टर के पास नहीं ले जाता।

बाथरूम में आकर तालिया जमीला से लिपट गई, "जमीला, वह घड़ी आ गई थी, तूने मुझे क्यों रोक दिया ?"

"तालिया, क्या तू चाहती है कि इसी तरह का एक और मामला अदालत में जाए? तू तो बच गई; पर शमीम बचते भी या नहीं, क्या मालूम ?"

तालिया चुप रह गई। ओह! वह अभी क्या गजब करने जा रही थी।

"जमीला, तू क्या समझती है, मुझे अदालत सजा देगी? अरे नहीं। देखना, मैं फिर छूट जाऊंगी। मैं डायन जो हो गई हूं, जब तक शमीम के बदन की एक-एक बूंद खून न चूस लूं, मरूंगी थोड़े

ही। अदालत मुझे फिर छुट्टी दे देगी। फिर मुझे इस आग में तपना होगा।"

"तालिया, कैसी बातें करती हो, क्या जेल में तुझे देखकर शमीम की छाती खुशी से फूल उठेगी?"

तालिया इस बात का क्या जवाब दे?

मुकदमा चलता रहा। सोलह तारीख को गवाहों के बयान हुए।

अगली पेशी पर तालिया ने अपने बयान में बहुत ही साफ और सच्चे शब्दों में अपनी बात कही, "मजिस्ट्रेट साहब, जब एक एक औरत को मालूम हो जाए कि वह अपने पति को उसका वारिस नहीं दे सकती तो सोचिए, उसे जीने का क्या हक है? पति पर उम्रभर बोझ बने रहकर जीना कहां की इन्सानियत है? सारा जीवन क्या उधार खाते में बिताया जा सकता है?"

फिर एक दिन फैसला सुनने जाना पड़ा। शमीम और जमीला डर रहे थे कि कहीं तालिया को सजा न हो जाए, पर तालिया को विश्वास था कि उसे सजा नहीं होगी, अभी तो उसे जिन्दगी के दोनों पाटों के बीच और पिसना था। खुदा उसे इतनी जल्दी थोड़े ही छोड़ेगा!

जुर्म साबित होने पर भी तालिया की हालत और पिछली जिन्दगी को ध्यान में रखते हुए, धारा पांच-सौ-बासठ क्रिमनल प्रोसीजर कोर्ट के अन्तर्गत आइन्दा सचेत रहने की ताकीद करते हुए उसे छोड़ दिया गया।

शमीम और जमीला फैसला सुनकर बहुत प्रसन्न हुए थे। शमीम को बहुत हल्का-हल्का-सा लग रहा था। तालिया को जमीला के पास छोड़ वह सीधा पोस्ट-आफिस गया और सिद्दीकी साहब को तार कर आया।

सब प्रसन्न थे। पर फैसले से तालिया एकदम टूट गई। फिर उसे गृहस्थी की दीवारों को सहना था। अपने गुनाहों को

छुपाए अच्छी पत्नी बने रहने का नाटक रचना था। ओह! और कितने दिन तक खुदा उसे तकलीफ देगा? कब तक वह छटपटाती हुई जीती रहेगी?

तालिया घर लौटी तो लगा, वह घर उसे काटने को आ रहा है। सिर्फ जमीला तालिया की मनःस्थिति समझ रही थी।

बरसात के भीगे-भीगे दिन शुरू हो गए थे।

जमीला की जबरदस्ती से तालिया बाथरूम में नहाने चली गई। जब वह लौटी तो सामने वाले कमरे में कुर्सी पर लेटा-सा शमीम बैठा था, उसीके पास टेबल पर हीटर रखे जमीला नाश्ता बना रही थी। बाहर पानी बरस रहा था। शमीम अकसर रात को देर तक पढ़ता है, और उसे चाय की जरूरत होती है, इसलिए वह अपने कमरे में हीटर और चाय का सामान रखता है। इसी हीटर पर अकसर जमीला और तालिया शाम का नाश्ता और चाय तैयार कर लेती थीं।

तालिया ने गुलाबी रंग की शलवार-कमीज पहनी थी। धुले हुए छोटे-छोटे बाल सिर पर बिखरे थे। शमीम बैठे-बैठे छरी से सेब काट रहा था। उसने पलभर को तालिया को देखा। उसकी पीली रंगत पर गुलाबी कपड़े भले लग रहे थे। तालिया झेंपकर सिहर-सी गई। जमीला ने कनखियों से एक बार दोनों को देखा और मुसकरा दी।

जमीला ने सामने की टेबल पर नाश्ता रख दिया। जमीला ने आज शमीम के लिए उसीकी पसन्द के पकोड़े तैयार किए थे। पानी अभी भी बरस रहा था। पानी की बौछार अन्दर भी आने लगी। शमीम ने उठकर खिड़की बन्द की। पलभर को उसकी नजर नीचे गली में चली गई। तालिया की आत्महत्या वाले दिन की उसे याद आ गई और वह सिहर उठा। खिड़की बन्द करते हुए उसने तालिया को देखा। तालिया शमीम के चेहरे को ही

देख रही थी। उस चेहरे और उन आंखों के भावों को ताड़कर वह सहम गई। अपराधी की तरह उसने सिर झुका लिया।

पकौड़े खाते समय शमीम काफी गंभीर लग रहा था। उसका उत्साह ठंडा पड़ गया था। उसने जिद करके जमीला से पकौड़े तैयार करवाए थे।

अपनी मेहनत बेकार जाते देख जमीला को बुरा लगा। उसने एक बार दोनों को देखा, दोनों गम्भीर थे।

जमीला को जाने क्यों; याद आया जब वे लोग गंगऊ गए थे, तब भी तालिया ऐसे ही सहमी, उदास-सी बैठी रहती थी। तब जावेद जबर्दस्ती उसके मुंह में रोटी के बड़े-बड़े टुकड़े भर देता था। और तालिया अकबकाई मुंह में रोटी भरे गहरी-गहरी सांस लेने लगती। तब वह मोर जावेद उसकी हालत देखकर हंसने लगते और तालिया रुआंसी-सी बाहर निकलकर पी॰ डब्ल्यू॰ डी॰ के खाली ड्रमों के पीछे छिप जाती। और तब जावेद परेशान-सा ढलान की तरफ तालिया को खोजता फिरता।

"खाओ जमीला, क्या सोच रही हो?"

जमीला चौंकी, "सोच रही थी, मैंने कितनी मेहनत से इन्हें बनाया और आप दोनों ऐसे खा रहे हैं मानो चालीसवें का खाना हो।"

शमीम हंसने लगा, तालिया ने जमीला को देखा जो हंस रही थी।

"भई, मान गए। तुम वाकई मजाक करने में तेज हो, जिसके घर जाओगी उसे हमेशा हंसाती रहोगी।"

जमीला हंसने लगी, पर तालिया कांप गई, कहीं शमीम ने उसपर ही तो व्यंग्य नहीं किया?

तालिया के गले में कुछ फंस गया, लगा। वह उठी और दूसरे कमरे में पानी पीने के बहाने चली गई। सामने ड्रेसिंग-टेबल के आईने में अपने को देख तालिया चौंक उठी, 'अरे, आंसू?

कब निकल आए? अल्ला रे, आंसू इतनी जल्दी क्यों निकल आते हैं?"

तालिया ने दोनों हाथों से आंसू पोंछे; पर आंखें फिर भरी हुई थीं। उसे डर लगा, कहीं जमीला न देख ले। वह घबराई और उसने इस तरफ खुलने वाले दरवाजे की चटखनी लगा दी।

करीब आधा घंटे बाद तालिया कमरे से बाहर निकली।

कमरे में शमीम नहीं था, अकेली जमीला फर्श पर ढेर सारी सीपियों को बिखराए छांट रही थी। जमीला इन सीपियों से सुन्दर-सुन्दर गुड़िया बना लेती है, पर तालिया को वह पसन्द नहीं था। वह कहती थी कि इस तरह इनका असली रूप खत्म हो जाता है।

जमीला ने तालिया को मुड़कर देखा और चौंककर सीपियां चुनते हुए उसके हाथ रुक गए। वह प्रश्नभरी नजरों से तालिया को देखने लगी।

तालिया उससे बचने के लिए जल्दी से मुड़ी और झूठी प्यालियों को धोने के लिए उठाने लगी।

"क्या बात है, तालिया? रोई है?"

"नहीं तो। किसने कहा?" तालिया ने बिना जमीला की ओर मुड़े कहा।

"झूठी कहीं की! तेरी आंखें क्या नहीं बता रही?"

जमीला उठकर उसकी ओर बढ़ने लगी। तालिया जल्दी से बाथरूम में घुस गई और अन्दर से बाथरूम का दरवाजा बन्द कर लिया।

जमीला बाहर खड़ी उसे पुकारती रही; पर नल के जोर से गिरते पानी के शोर में उसकी आवाज दबकर रह गई। जमीला खीझ उठी।

दोपहर का समय था। शमीम कॉलेज गया हुआ था। तालिया और जमीला एक ही पलंग पर लेटी हुई थीं। दोनों चुप थीं। तालिया छत को देख रही थी। और जमीला तालिया की ओर पीठ किए पलंग की पट्टी से लगी एक हाथ को नीचे लटकाकर उंगली से फर्श पर कुछ लिखती जा रही थी। बीच-बीच में वह टेबल पर चढ़ जाए चूहे को डराती भी जा रही थी, जो बार-बार बिस्कुट के टुकड़ों को खाना चाहता था।

"जमीला!"

"हूं?"

"सोचती हूं जमीला, तू चली जाएगी तो मेरा क्या होगा? मैं तो अब घर का इतना सब काम संभाल भी नहीं पाऊंगी।"

"तो नौकरानी रख लेना।"

"नौकरानी गृहस्थी नहीं संभाल सकती, जमीला!"

"तो क्या मैंने तेरी गृहस्थी संभालने का ठेका ले रखा है?"

"तुने नहीं, पर खुदा ने जरूर तेरे नसीब में यह ठेका लिख दिया है।"

जमीला चौंक गई। वह पलटी और उठकर बैठ गई। जमीला को लगा, तालिया की इस बात में कुछ भेद जरूर है।

"हां जमीला, तेरे नसीब में खुदा ने मेरी गृहस्थी का ठेका लिख दिया है।"

"तेरे कहने का मतलब?" जमीला ने टेढ़ी नजर से तालिया को देखा। तालिया भी उठ गई। उसने जमीला के हाथ को लेकर सहलाया, मानो वह तसल्ली दे रही हो।

"जमीला, क्या ऐसा नहीं हो सकता कि हम दोनों ही मिल-कर इस गृहस्थी को खींचें? हम गाड़ी के दो पहिये हो जाएंगी। मेरी हालत तो देख रही है, जमीला, क्यों न हम तीनों मिलकर अपनी खुशी और गम बांट लें। तू अगर साथ हो जाएगी तो मेरी भी हालत संभल जाएगी। बहन, प्यासे को पानी पिलाना सवाब

का काम है। मेरी प्यासी जिन्दगी में तू ठंडक बनकर आ जा जमीला! तेरा अहसान होगा।"

"तालिया, तू अपने साथ मुझे भी पागल बना देगी, लगता है।"

"नहीं जमीला, अगर तू साथ रहेगी तो मैं अपनी जिन्दगी से उलझना छोड़ दूंगी। मुझे भी खुले आंगन में हंस लेने दे; जमीला"

"तालिया, क्या तू समझती है, शमीम को मनाना सरल है?"

"नहीं जमीला, हम उसे धोखे से काबू में ला सकती हैं। किसी रात मेरी जगह तू उसके कमरे में जाएगी और तालिया का रोल पूरा करेगी। कुछ दिनों बाद हम उसपर यह राज खोल देंगे, बाद में उसे तुझसे निकाह पढ़ाना ही पड़ेगा।"

जमीला के आंसू निकल आए।

"नहीं तालिया, तू मुझे अपनी सौत बनाना चाहती है? तेरा हक मैं नहीं ले सकती। दुनिया क्या कहेपी? वह तो यही कहेगी न, जरूर जमीला के मन में खोट था इसीलिए तो वह तालिया से लगी रहती थी, उसके घर पड़ी रहती थी। नहीं तालिया, मैं सब कर सकती हूं, यह नहीं। मेरी रूह मुझे कभी माफ नहीं करेगी, और मैं जिन्दगी-भर छटपटाती रहूंगी। नहीं तालिया, मुझसे यह गुनाह न करवा।"

जमीला की बातों से तालिया को लगा, अब वह इसे नहीं मना सकेगी। तालिया का मन डूबने लगा।

"जमीला, तू क्या चाहती है, मैं फिर मन की इस घुमेर से घबराकर आत्महत्या करूं? मेरी हालत तो तू देख ही रही है। मेरा दिमाग सही काम नहीं करता। तू कहती है, दुनिया हंसेगी। नहीं बहन, दुनिया तुझे सम्मान देगी, तेरी कुर्बानी की दाद देगी। तू क्या कम सुन्दर है? तुझे तो कितने भले घर के लड़के

मिल जाएंगे, पर शमीम की गृहस्थी बसाकर तू एक कुर्बानी देगी। हम दोनों की जिन्दगी की भड़कती आग को क्या दुनिया नहीं जानती? नहीं बहन, देखना, लोग तुझे कितना प्यार करने लगेंगे। फिर दुनिया से क्या, तू मेरे लिए करेगी, अपनी बहन के लिए कुर्बानी देगी।"

जमीला चुप हो गई, उसे लगा, वह हार जाएगी।

"बस, 'हां' कह दे बहन, 'हां' कह दे, तुझे मेरी कसम है!"

जमीला घबरा उठी, "मगर तालिया, जैसा तू कहती है, अगर ऐसा करना पड़ा तो यह हराम हो जाएगा, निकाह के पहले ही…"

तालिया प्रसन्न हो उठी। उसने प्रसन्नता से भरकर जमीला को सीने से लगाकर उसका मुख चूम लिया।

"जमीला, तू कहती है, यह सब हराम हो जाएगा न? तो ले, एक सुहागिन के हाथों की चूड़ियां पहन ले, सुहाग का रंग तुझपर भी आ जाएगा।" तालिया ने झट अपने हाथों की चूड़ियां उतारकर जमीला को पहना दी।

जमीला हतप्रभ रह गई। यह सब इतनी जल्दी कैसे हो गया कि जमीला को सोचने का मौका भी न मिला। वह ठगी-सी कभी तालिया को तो कभी अपने हाथों में पड़ी चुड़ियों को देखती रही।"

तालिया जमीला की हालत को समझ रही थी, पर प्रसन्न थी। तालिया को लग रहा था कि इतने दिनों से भटकने के बाद उसे किनारा मिला है। उसे लग रहा था, अन्दर एक मुद्दत से पड़ी गोल गांठ सुलझ रही है। सुख के साथ ही एक अनजानी-सी अनुभूति भी उसे हो रही, लगभग ऐसी जैसी किसीसे बदला ले सकने पर होती है। उसने जमीला को छाती से चिपका लिया।

जमीला का मन एकदम भर आया और वह फूट-फूटकर रोने लगी। तालिया का मन बेकाबू हो गया, वह भी रो पड़ी।

दोनों देर तक रोती रहीं। पर यह रोना रोज के रोने से कुछ अलग था। जाने कैसे दोनों इससे हलकी हो रही थीं।

सिद्दीकी साहब का खत आया था कि वे लोग पन्द्रह दिन के बाद आ रहे हैं।

तालिया चाहती थी कि इन लोगों के आने से पूर्व ही सब हो जाए। वह चाहती थी कि यदि शमीम खुद से तैयार हो जाए तो? वह कोशिश क्यों नहीं करती, शायद सफलता मिल जाए। तालिया दो दिन तक अपने को तैयार करती रही। आखिर एक दिन जब शमीम शेव कर रहा था, तालिया पीछे जा खड़ी हुई।

शमीम ने पलटकर उसे देखा। तालिया मुसकरा दी।

"क्या बात है?" शमीम ने ब्रुश को कप के पानी में डुबाते हुए पूछा।

तालिया वहीं पड़े स्टूल पर बैठ गई। "मेरी एक बात मानोगे?"

"पहले सुनाओ।"

"आप दूसरी शादी कर लें। जिन्दगी में इस तरह घुन लगाना अच्छा नहीं।"

"तुमने सुबह-सुबह यह क्या लेक्चर शुरू कर दिया?"

"यह लेक्चर नहीं है। सच, अगर आप दूसरी शादी कर लें, तो मैं कितनी खुश रहूंगी?"

"तुमने कहीं लड़की देखी है क्या?" शमीम ने मजाक में बात को उड़ाना चाहा, पर तालिया मजाक न समझ पाई।

"हां, घर की ही लड़की है, घर को संभाल लेगी, और मैं समझती हूं, आपको वह खुश रख सकेगी।"

शमीम तालिया के इशारों को ताड़ गया। एक बार वह सिहर-सा गया। ओह! जमीला, तालिया की सौत? तो तालिया जमीला को इसलिए अपने से चिपकाए रहती है?

"तालिया, तुम इतनी स्वार्थी होगी, मैं नहीं जानता था। तुम जिसकी तरफ इशारा कर रही हो, उसकी जिन्दगी तुम विष से डंसना चाह रही हो। जिन्दगी इतनी सस्ती नहीं तालिया, कि उसे जब चाहे तब कोई भी नीलामी पर चढ़ा दे। तुमने सिर्फ अपना सोचा, पर उस लड़की के सपनों को नहीं देखा, जो उसने जाने कब से संजोकर रखे होंगे।"

"और अगर लड़की तैयार हो तो?" तालिया ने भेद-भरे अंदाज से मुसकराते हुए पूछा।

शमीम क्षण-भर को अवाक् रह गया; फिर उसने तुरन्त अपने को संभाला। "मैं तो समझूंगा कि यह भी तुम्हारे दिल की बात है। हो सकता है, लड़की को तुमने मजबूर किया हो।"

तालिया का मुंह उतर गया। शमीम ने कितनी साफ बात कही! क्या वह अपना स्नेह जमीला पर केवल इसलिए लुटाती नहीं आई कि जमीला उसके स्नेह के भार से दब जाए और वह उसके सामने अपना स्वार्थ रख दे? आह! वह सच ही कितनी स्वार्थी है। जमीला की सारी खुशियों की नीलामी वह खुद अपने हाथों से कर रही है।

तालिया का सारा शरीर एक अनजाने भय से कांपने लगा। उसने आंखें उठाकर देखा, शमीम बाथरूम में नहाने चला गया था।

तालिया उठकर अन्दर आई। जमीला सब्जी काट रही थी।

तालिया के उतरे चेहरे को देखकर जमीला के सब्जी काटते हाथ रुक गए। वह तालिया के आर-पार देखना चाहती थी। तालिया झेंप-सी गई और तुरन्त अपने को संभालने के लिए वह भी मुसकराती हुई प्याज उठाकर काटने के लिए दूसरा चाकू ढूढ़ने लगी। चूल्हे पर दाल की पतीली रखी थी जिसमें से एक अजीब-सी महक उफन रही थी।

दोनों खामोश थीं। तालिया की समझ में नहीं आ रहा था, किस तरह जमीला के मन को टटोले। कहीं बुरा मान गई तो? उसने एक बार आंखें उठाकर जमीला को देखा, पर उससे आंखें मिलते ही झट से तालिया ने नजरें गिरा लीं।

जमीला कटी हुई लौकी की प्लेट को उठाकर मुड़ी, तालिया ने उसे पीछे से भरपूर आंखों देखा। उसे देखकर आश्चर्य हो रहा था कि जमीला कितनी दुबली हो गई है! वह अपने में ही खोई रहती है, जमीला की सुध उसने कभी ली ही नहीं।

शमीम बाथरूम से निकल आया था और कपड़े पहन रहा था। थोड़ी देर बाद उसने तालिया से पूछा, "खाने में कितना वक्त है?"

"बस, आधा घंटा।"

"तो ऐसा करो, आज मैं जल्दी आऊंगा, तब ही खा लूंगा।"

इसके पूर्व कि तालिया कुछ कहती, शमीम बाहर निकल गया।

तालिया जमीला के पास आकर बैठ गई।

"जमीला, तुझे जमशेद की याद नहीं आती?"

जमीला चौंक पड़ी, उसने कठोर नजर से तालिया को देखा, "और तुझे जावेद की याद आती है?"

तालिया का चेहरा फक पड़ गया। उसे लगा, वह घूम रही है। फिर तुरन्त वह संभली। "नहीं, मेरा मतलब यह नहीं था। मैं तो कह रही थी कि जमशेद के बाद किसी और के बारे में सोचा?"

जमीला ने गहरी सांस ली, "नहीं तालिया, मन तो जमशेद के पास गिरवी है। बस तन मेरे पास है, यह चाहे किसीका भी हो जाए, क्या फर्क पड़ता है। यह तो मिट्टी है जिसे मरने पर कीड़े खा जाते हैं।"

तालिया को सन्तोष हुआ।

"तो तूने और किसी के बारे में कभी नहीं सोचा?"

"सोचना क्या है? क्या सोचा हुआ हो जाता है? अब देख न, मैंने जमशेद के सपने देखे थे, उसकी बीवी, उसके बच्चों की मां बनने के; क्या वे पूरे हुए? अब तकदीर जहां ले जाकर खड़ी कर देगी, वहीं खड़ी हो जाऊंगी। मन तो एकदम टूट गया है। जब से तेरी जिन्दगी देखी है, डर लगता है। इसलिए शादी करने की बात कभी सोचती ही नहीं।"

"नहीं बहन, मैं तो अभागिन निकली। मेरी सुन्दरता ने मेरी जिन्दगी को डंस लिया। देख, मैं कितना जिन्दगी से भागी! बचपन से लेकर अब तक भाग रही हूं। लेकिन अब मेरा भरोसा न करना जमीला, मुझे लगता है, मौत बस आने ही वाली है। पेट की तकलीफ भी बढ़ती जा रही है।"

"छीः! कैसी बातें करती है तालिया, तू तो···"

जमीला की बात अधूरी रह गई, पोस्टमैन एक खत डाल गया था।

तालिया और जमीला दोनों चौंक पड़ी। दोनों एक ही बात सोच रही थीं। दोनों साथ-ही-साथ बाहर को लपकीं। नीला लिफाफा था। जमीला ने लिफाफा फाड़ा और जोर-जोर से पढ़ने लगी :

बेटे शमीम,

मुझे अफसोस है कि तुम्हारी जिन्दगी किस कदर बरबाद हो गई है! तुमने कुछ नहीं लिखा पर मुझे सारी बातें मालूम हैं। सारे रिश्तेदारों में बदनामी हो रही है। एक तो तालिया बांझ निकली, दूसरे वह इस हद तक बेशर्मी पर उतर आई। उसे कौन-सा गम था जो उसने खुदकुशी की?

अमीर घर की खूबसूरत लड़की ने तुझे पागल बना रखा है। इतने पर भी तू उसे घर में रखे है। मेरे इस खत के मिलते

ही उसे तलाक दे दे। मैं तेरी दूसरी शादी करना चाहता हूं।

मुझे तालिया की खुदकुशी में कोई राज़ लगता है। मैं उसके वालिद के घर की तरफ जाऊंगा और पता लगाऊंगा, जरूर यह लड़की बदनाम भी रही होगी। हम घर में बहू लाए थे, कोई ऐसी-वैसी औरत नहीं।

बाकी सारी बातें पता लगाकर लिखूगा।

तुम्हारा—वालिद।

खत पढ़कर तालिया कांपने लगी। जमीला भी भयभीत हो गई।

तालिया की आंखों से आंसू झड़ी बनकर बहने लगे। उसने जमीला को देखा, मानो कह रही हो, 'देखा जमीला, अब तेरी तालिया सूली पर चढ़ने वाली है।'

दोनों एक-दूसरे से लिपटी रो रही थीं। जाने कितनी देर तक।

"जमीला, शमीम की तो दूसरी शादी होगी ही, पर तेरी तालिया बीच चौराहे पर नंगी की जाएगी। तू अपनी तालिया को बचाएगी नहीं?"

दोनों ने एक-दूसरे को रोती आंखों से देख रही थीं। जमीला ने हाथ के खत को चूल्हे में डाल दिया। दोनों रोना भूलकर थोड़ी देर तक जलते खत को देखती रहीं।

तालिया को लगा कि यह खत तो जला दिया पर कब तक? जल्दी ही उसके गुनाहों पर बन्द चौखट खुलने वाली है जिसमें उसकी आत्मा झुलसी हुई बैठी है।

तालिया अब भी कांप रही थी। घबराहट में उसका पेट जाने कैसा-कैसा हो रहा था।

"जमीला···" तालिया ने कांपकर उसकी तरफ देखा।

जमीला को डर हुआ कि तालिया सच ही कहीं खत्म न

हो जाए।

"जमीला, मेरी सखी, तू मेरी इस दहलीज पर बैठ जा बहन, किसी और को मत आने दे! मेरी नंगी जिन्दगी को अपनी जिन्दगी उढ़ा दे! उढ़ा देगी न?"

जमीला कांप रही थी। भय की तरफ रोज एक नई खिड़की खुल जाती थी। पर उसने कोई उत्तर नहीं दिया। अचानक उसकी दृष्टि उस खिड़की पर चली गई जिसने कल ही तो इस तालिया को निगलने की कोशिश की थी। "देख जमीला, मेरी जिन्दगी का अन्त कैसा हुआ, क्या तू अब भी मुझसे कहेगी कि में जिन्दगी का मोह न छोड़ू?"

जमीला कमरे में बैठी रो रही थी, और तालिया उसके एकदम सामने खड़ी थी। तालिया के चेहरे पर दुःख या परेशानी के कोई चिह्न नहीं थे। वह वैसी ही शान्त थी जैसा तूफान से पहले समुद्र हो जाता है।

"जमीला, अब अपनी तालिया का आखिरी काम कर दे। शमीम की जिन्दगी को सहारा दे दे। देख, मैं उसे सहारा देने खड़ी हुई थी; पर खुद टूट गई। अपनी तालिया को अब पल, दो पल मुसकरा लेने दे, बहन! उदासी से मेरा कलेजा फटने लगा है।" तालिया ने जमीला को उठाया जो फफक-फफककर रो रही थी।

"नहीं तालिया, मुझसे तेरी जिन्दगी नहीं भोगी जाएगी। बहन, तू बड़ी थी, महान थी, मैं शमीम को धोखा नहीं दे सकती, मुझसे यह नहीं होगा। उनकी कहीं और शादी करवा दे।"

"जमीला, तू क्या समझती है, शमीम दूसरी शादी कर लेगा? नहीं, कभी नहीं। हमें उसे धोखा देना पड़ेगा, जमीला! तू मेरे लिए यह कुर्बानी देगी! क्या तू महान नहीं? बस जमीला, आज की रात मैं अपनी जिन्दगी को पछाड़ देना चाहती हूं। मैं थक गई, जमीला! तालिया की जगह जमीला लेगी।

जमीला मर गई, समझ ले। अब तो तालिया जिएगी, उसे जी लेने दे जमीला, वह सुख के लिए कब से भटक रही है।"

तालिया ने बाथरूम में ले जाकर जमीला का मुंह धुलवाया। जमीला को लग रहा था कि तालिया शमीम को धोखा दे रही है। उससे अपनी हार का बदला ले रही है। वह अपने गुनाह के दबाव से मुक्त होना चाहती है।

सारा दिन जमीला रोती रही है। वह खाना भी नहीं खा सकी। उसका मन भाग जाने को हो रहा था, पर तालिया उस-पर कड़ा पहरा लगाए थी। तालिया शान्त थी। उसके चेहरे से लग रहा था मानो वह कोई संकल्प किए बैठी है।

तालिया सारे दिन रहस्यमय ढंश से शान्त रही। शमीम कॉलेज से पांच बजे लौटा। और दिनों से आज तालिया उसे बहुत सुन्दर लग रही थी। उसका सौन्दर्य निखरा पड़ रहा था। आज तालिया प्रसन्न थी, वह देर तक शमीम के पास बैठी बातें करती रही।

रात के शायद दस बज रहे थे। शमीम अपनी टेबल पर बैठा कुछ काम कर रहा था। तालिया पलंग पर लेटी उसे देख रही थी। सारे कमरे में कटावदार रोशनी और कटावदार अंधेरा एक विचित्र-सा वातावरण पैदा कर रहे थे। पलंग की मच्छरदानी आधी उठी हुई थी। सहसा शमीम ने मुड़कर तालिया को देखा। वह जाग रही थी। उसे आश्चर्य हुआ, आज तालिया का रूप इतना ज्यादा क्यों निखरा लग रहा है। तालिया जैसे उसके मन के आश्चर्य को भांर मुसकरा रही थी।

"क्या देख रहे हो ?"

"देख रहा हूं, आज तुम इतनी ज्यादा सुन्दर क्यों लग रही हो ?"

"अच्छा हो सकता है, तुम्हारी अपनी आंखों का धोखा

हो !"

"नहीं तालिया, सच ही तुम बहुत सुन्दर लग रही हो।"

शमीम उठा और एक अंगड़ाई लेकर कमर को दायें-बायें घुमाकर सुस्ती तोड़ने लगा।

रोशनी बुझाकर शमीम तालिया के पास आकर बहुत देर खड़ा रहा। फिर पलंग पर बैठ गया और तालिया को प्यार से सहलाने लगा। बहुत देर तालिया इस स्नेह को झेलती रही। वह कुछ भूल रही थी, पर अचानक उसे वह याद आ गया। उसमे कहा, "ऊंह-हूं, अभी नहीं, अभी तो मच्छरदानी गिरानी है, बाथरूम भी जाना है।"

"ओह, तो जाओ न जल्दी से!" शमीम ने अधीर होते हुए कहा।

"बस, पांच मिनट," तालिया उठकर मच्छरदानी गिराने लगी।

"मैं इसे दबा लूंगा, तुम जाओ।"

"अच्छा," कहकर एक सुषुप्त अवस्था में तालिया सामने वाले कमरे में आ गई। पलंग पर जमीला भयभीत-सी पड़ी थी। भय से उसका मुख पीला पड़ गया था। जमीला के पलंग के पास तालिया रुक गई। मन में लगा, आह! क्या होने जा रहा है। शमीम आज कितना अधीर है? पर वह भी तो अधीर है। वह भी अधीर है, सच। और उसे जोर से हंसी आ गई। ऐसी हंसी जिसकी आवाज सिर्फ वही सुन सकी। एक विचित्र हंसी।

"नहीं तालिया, नहीं !" जमीला की आवाज उसने सुनी।

शायद उसने कहा, "उठ पगली, वक्त आ गया है। आए वक्त को टाला नहीं करते। और पगली, आया वक्त कौन टाल सकता है ?"

तालिया ने जबर्दस्ती जमीला को उठाया। जमीला उठते ही तालिया से लिपट गई। तालिया सीधी सपाट खड़ी रही।

"जा, बस सोच मत, वक्त के डैने पर बैठकर उड़ जा। कुछ न बोल। शमीम पहचान जाएगा। जीने के लिए चुप रहना शर्त है, जमीला। जा, वक्त हो गया है। देर न कर। मुझे भी देर हो रही है।"

जमीला धीरे-धीरे कमरे की तरफ बढ़ने लगी। वह बार-बार सहमकर खड़ी हो जाती; फिर आगे बढ़ती। जमीला चिरे हुए दरवाजे में से अन्दर चली गई।

दरवाजे के बन्द होते ही तालिया में एक भयानक शान्ति व्याप गई। उसके मन में लगा कि एक शून्य पंख फड़फड़ा रहा है। बहुत देर वह अपने घर के एक कोने में चुपचाप खड़ी रही, पर फिर वह जागी, जैसे उसे कोई काम याद आ गया हो और उसे जल्दी हो।

वह घर से बाहर निकल आई। चारों तरफ गहरा अंधेरा था। सड़कें इधर-उधर फैली पड़ी थीं। तालिया को क्या मालूम कि कौन सड़क कहां जाती है? पर उसे यह भी क्या मालूम कि उसे खुद कहां जाना है? वह चलती रही। धीरे-धीरे उसे महसूस हुआ कि उसे अब थकान नहीं हो रही। वह बिना किसी तकलीफ के आगे बढ़ी जा रही है। चारों तरफ रात के साये में असंख्य चीजें पड़ी थीं। पर उसे किसी तरफ भी देखने का वक्त नहीं था। अंधेरा जैसे उसे निगल नहीं पा रहा था, इसलिए विचित्र भाव से फड़फड़ा रहा था।

धीरे-धीरे सुबह हुई। जमीला सारी रात जागती ही रही। रात नींद ही नींद में शमीम ने उसके शरीर को कुरेदा था, फिर गहरी नींद सो गया था। अब भी उसने नींद ही नींद में उसे अपनी बांहों में घेर रखा था। जमीला परेशान थी। पता नहीं क्यों, अन्दर कहीं जमीला को लग रहा था कि शमीम नाटक कर रहा है, वह सब जानता है।

वह बहुत धीरे से उठी; फिर भी शमीम जाग ही गया। सुबह के धुंधले प्रकाश में उसने देखा, उसके पलंग पर तालिया नहीं, कोई और है। वह हड़बड़ाया-सा उठा और रोशनी जला दी। "तुम ? जमीला ?"

जमीला भय से कांपने लगी, वह अपने कपड़ों को समेटे उठी और दीवार से सटकर खड़ी हो गई। शमीम उसे बौराया-सा देख रहा था।

"रात को तुम मेरे बिस्तर···तालिया···वह कहां है ?" शमीम लगभग चीख उठा था।

जमीला का गला सूख गया। उसके मुंह से बोल नहीं फूटा। उसने धीरे से दूसरे कमरे की तरफ इशारा कर दिया। शमीम तेजी से दूसरे कमरे में भागा।

पल-भर बाद ही उसकी आवाज सारे मकान में गूंज उठी, "कहां है ? तालिया कहां है ?"

जमीला भी घबरा उठी। वह जल्दी से कमरे में गई। बाहर का दरवाजा खुला था, तालिया वहां नहीं थी। जमीला का मुंह काला पड़ गया।

शमीम बिना जमीला से कुछ कहे सड़क पर निकल आया। चारों तरफ सड़कें फैली पड़ी थीं और उनपर आदमी ही आदमी तिरमिरा रहे थे। उसने आंखें फैला-फैलाकर उस भीड़ में तालिया को देखना शुरू किया। वह सड़कों पर इधर-से-उधर भागने लगा। पर तालिया कहां थी? वह तो खो गई थी, पता नहीं अंधेरे में या भीड़ में। अंधेरा अच्छा होता है, गलतफहमी तो हो हो सकती है। दिन में सब साफ दीखता है। पता चल जाता है कि यह भी तालिया नहीं है और वह भी नहीं।

बहुत वक्त बीते उसे अहसास हुआ कि कोई उसका पीछा कर रहा है। उसने ठहरकर पीछे मुड़कर देखा—वह जमीला थी।

उसने एकदम रुककर गर्दन झुका ली। जमीला से वह क्या कहे? वह पास आ गई थी और रो रही थी। उसने भीड़ की तरफ देखा। भीड़ उसके पास से होकर गुजर रही थी। तेज बहाव से।

उसे भय हुआ, कहीं इस बहाव में जमीला भी न बह जाए।

○○